智慧公主马小岚纯美爱藏本25

公主变身

gong zhu bian shen
xiao chu shen

小厨神

马翠萝 著

U0299328

化学工业出版社

·北京·

原版书名：公主传奇　公主变身小厨神　原版作者：马翠萝

本书为新雅文化事业有限公司授权化学工业出版社有限公司在中国内地出版中文简体字版本。

本书仅限在中国内地（大陆）销售，不得销往中国香港、澳门和台湾地区。

未经许可，不得以任何方式复制或抄袭本书中的任何部分，违者必究。

北京市版权局著作权合同登记号：01-2022-3602

图书在版编目（CIP）数据

公主变身小厨神／马翠萝著．--北京：化学工业出版社，2022.8．--（智慧公主马小岚纯美爱藏本）．
ISBN 978-7-122-41685-8

Ⅰ．I287.5

中国国家版本馆 CIP 数据核字第 20242R8H33 号

责任编辑：张素芳　　　　　　　装帧设计：关　飞
责任校对：杜杏然

出版发行：化学工业出版社（北京市东城区青年湖南街 13 号　邮政编码 100011）
印　　装：河北京平诚乾印刷有限公司
880mm×1230mm　1/32　印张 5¾　字数 100 千字　2025 年 1 月北京第 1 版第 1 次印刷

购书咨询：010-64518888　　　　售后服务：010-64518899
网　　址：http://www.cip.com.cn
凡购买本书，如有缺损质量问题，本社销售中心负责调换。

定　　价：25.00 元　　　　　　　　　　版权所有　违者必究

目录

✦ 周晓星 ✦

周晓晴的弟弟，一个风趣幽默的淘气精，不时有天马行空的奇怪想法。

✦ 马小岚 ✦

来自香港的乌莎努尔公主，聪明美丽、正直善良，敢于向困难挑战，最喜欢说的话是"天下事难不倒马小岚"。

周晓晴

马小岚的好朋友，漂亮活泼，喜欢打扮，最常做的事是和弟弟斗气。

万卡

乌莎努尔公国第十九代国王，风度翩翩、英勇果敢。是国民眼中的好君王，小岚和晓晴、晓星心目中的暖心大哥哥。

第 1 章
被遗弃在异时空的小孩

"呜呜呜，姐姐，好冷啊！我的手都僵硬了，不能动了。这些碗你洗行不行？"

"呜呜呜，弟弟，我也冷啊！我的手都裂口子了，泡在水里疼得钻心。还是你洗吧……"

"呜呜呜，可怜的姐姐。算了，我是男孩子，我应该保护女孩子。这碗，我包了，姐姐，你回房间去暖和暖和吧！"

"呜呜呜，不幸的弟弟，这碗和碟子堆得小山一样，你一个人得洗到什么时候？算了，我还是跟你一块儿洗吧！"

"姐姐，你真好！"

"弟弟，你也不错！"

"呜呜呜，抱抱求安慰！"

厨房里，一男一女两个小孩儿拥抱着，哭得肝肠寸断。

这两个小可怜是谁呀？当然是读者熟悉的人了！难道是晓晴晓星两姐弟？不会吧，这两人在家是父母的心肝宝贝，在乌莎努尔是公主的死党兼好友，尊贵的晴小姐和星少爷，怎会沦落到如此悲惨的境地呢？

"小岚姐姐呀！"男小可怜在哭喊。

"小岚啊！"女小可怜在呜咽。

"你在哪里？快来救救我们呀！"两个小可怜同时哀叫。

咦，真的是晓晴晓星呢，发生什么事了？

原来晓晴晓星跟着小岚回到三国时期，见证了曹冲称象，又在一场惊天大疫症中，拯救了千万汉朝人民，立下了大功。功成身退，他们悄悄地启动时空器返回现代。

没想到，那时空器不知哪条筋抽了，竟然不遵守游戏规则，半路上把他们扔了下去。晓晴和晓星好歹落在一处，而小岚却不见了踪影。

小气兼该死的时空器，不就是你老让我们摔痛小屁屁，我们把你埋怨了一下吗，你就这样报复呀！

掉落的国家叫"大食人共和国"，两人把脑袋里的历史知识搜刮了几遍，仍想不起这有着古怪名字的国家究竟是什么鬼地方。而周边的国家也全是没听过的，显然到了一个不属于他们原来世界的异时空。

不过，这里人们的衣着打扮，风土民情，倒是很像中国的民国时候，连统治者也是叫大总统，使用的钱币也是叫银圆。

本来，既来之则安之，想办法回去就是了。作为穿越资深人士，他们每次到了陌生地方，还不是逢凶化吉、回到未来？

但这次不同啊，简直应了"福无双至，祸不单行"这句话：一是三人组的主脑小岚失踪了；二是时空器在降落时弄丢了；三是因为实在太饿，两人被人贩子的一只烧鸡腿所诱惑，竟然中了圈套，被人贩子卖到了京城市副市长赵恒府中做仆人，在厨房负责洗洗涮涮。

从少爷小姐到奴仆，这是多大的反差啊！要知道，他们俩长到十多岁，还没洗过一只碗呢！

零下十多度的寒冷天气，两人在刺骨的冷水中，洗那没完没了的碗碟——赵府上上下下二十几口人，要洗的餐具和厨具还是蛮多的，自小娇生惯养的两姐弟哪吃过这苦头！

在这悲惨的时刻，他们格外想念小岚。如果小岚也在

的话，凭她的聪明智慧，决不会落到如此地步的！起码不会被一只鸡腿诱惑到。他们现在不想干也不行，要攒钱来赎身呢，但现在身无分文，一点办法都没有。

"小岚姐姐啊！"

"小岚啊！"

两人悲声哀号，简直听者伤心，闻者流泪。

"谁在这里鬼叫，作死呀！"忽然听得一声大吼。

一个身材胖得像个水桶般的年轻女子，一手叉腰，一手指着晓晴姐弟大喝，吓得两人立刻用手捂嘴，不敢作声。

这人叫胖姑，赵府的厨师。赵府有两名分工不同的厨师，一个专给主人做饭，另一个就专门负责给府中仆人做饭。胖姑就是给仆人做饭的厨师。

"原来是你们两个小鬼！怎么才洗了这么点儿？你们在绣花吗？看你们那娇气模样，还以为自己是王子公主呀！快点快点，洗好才可以睡！"

胖姑说完，扭扭胖胖的身体，转身走了，走了几步，又扭过头来，凶巴巴地说："别再鬼叫了。再叫，毒哑你们！"

直到那水桶般的身体消失在黑夜中，两人才回过神来。

"好凶！"晓晴嘀咕着。

"凶死了！"晓星埋怨着。

活还得继续干。两人洗碗真的像绣花那样慢，两个小时后，才把那座"餐具山"消灭掉。

把洗好的碗碟搬进厨柜，两人才舒了口气。

晓晴捶了捶发酸的胳膊，有气无力地说："好累，咱们赶紧回去洗洗睡吧！"

晓星扭了扭酸痛的腰，说："嗯，姐姐拜拜！"

两人住的地方不同，晓晴住在西面的女仆人房间，晓星住在南面的男仆人房间。

晓晴突然想起什么，她叫住晓星，又从衣袋里掏呀掏，掏出两颗糖。她把一颗递给晓星："杨伯给的，给你一颗。"

杨伯是赵府的管家。

晓星接过糖，感动地说："姐姐，你真好，我以后再也不说你刁蛮了。"

晓晴也破天荒温柔地说："嗯，我以后也不敲你脑袋了。"

"姐姐——"

"弟弟——"

如此"姐友弟恭"，老天爷再不表示感动都说不过去了，硬是挤了些眼泪出来，于是，"哗——"，下雨了。

"跑哇！"

两人慌不择路，跑回各自房间。

晓星换下了打湿的衣服，累得不想动了，脸也不洗，便想躺下睡觉。

每间仆人房住六个人，睡的是大通铺，即六个人都在一张床上睡。晓星的床位在中间位置。先睡下的伙伴把晓星睡的地方占去了一半，只剩下很小的空间，晓星挪死猪一样，好不容易才把旁边两人挪开了一点，然后躺了下去。

晓星肚子发出咕咕咕的抗议。胖姑做的饭一点儿都不好吃，没滋没味的，一点儿都不香。要不是怕饿死了回不去现代，晓星打死也不会去吃的。每顿勉强吃一点，很快就饿了，所以常常有腹中空空的感觉。

希望睡着了不知道饿。晓星用被子把头一蒙，把耳朵和周围的打鼾声、梦呓声隔绝开去，很快进入了梦乡。

第 *2* 章
好吃的一品锅

天没亮，晓星被冻醒了。

他睁眼一看，盖在身上的被子不见了，再转头瞧瞧，被子被睡旁边的一个叫四猪的家伙紧紧抱着。

"嘿嘿，把被子还我！"晓星把被子扯了扯。

"唔，别闹，困死了！"四猪转了个身，把晓星的被子压了一半在身下。

"给我！"晓星又拉了拉，被子纹丝不动，压得更紧了。

"真是只'死猪'！"拿不回被子，晓星只好把昨晚脱下的衣服全穿到身上，抵挡寒冷。

但仍然是冷，晓星半睡半醒的，一直睡不好。直到天色大亮，睡醒的四猪发现自己无意中掠夺了别人的被子，心中有愧，便把被子盖回晓星身上，晓星才睡了一会儿好觉，但很快又被人叫醒了。

叫醒他的是四猪，四猪告诉他："快起来！今天是冬雪节，我们主人善心，给所有仆人放假，让我们都能去城西逛集市看表演，下午三点前回府就可以了。"

"冬雪节？什么怪节日？"晓星迷迷糊糊的，没听过呀。

四猪很奇怪地看着他："你是刚从深山出来的野人吗？连冬雪节也不知道。这是我们国家的一个传统节日呀！这天大多数人都会走出家门，反正都不会待在家里。人们或去庙会，或去赏梅花，或去登山。我最喜欢就是去庙会，庙会可热闹了，有卖吃的，有卖用的，有卖穿的，还有人说书，有戏班演戏，有马戏团动物表演。哇，简直太棒了！不去你会后悔一整年。"

"嗤，这有什么好看的，你去过时代广场、新城市广场没有，全世界的东西都有得卖；你去过红磡体育馆没有，数之不尽的歌星开演唱会，一场又一场你看不完；看过电影《复仇者联盟》没有？那场面的震撼……什么戏班子，一边玩儿去！"晓星嘟嘟囔囔说着，又用被子蒙住了脑袋。

四猪听傻了："时代广场？演唱会？《复仇者联盟》？

什么玩意儿？"

他摇摇头，追在小伙伴后面，玩儿去了。

晓星一直睡到中午才醒来，他舒舒服服地伸了个懒腰。好舒服啊，几天来的疲累好像全消失了。

这时肚子又咕咕地叫了起来。早饭没吃，而现在已是该吃中午饭的时候了，得赶紧起来找点东西吃。

起床急急洗漱后，便向厨房方向走去。平日热闹的赵府这时静悄悄的，只远远见到一个护卫在巡逻。想是如四猪所说，都出门去了。

虽然才来了几天，晓星却听过不少赵副市长的好话，说他为官清正，对下人也很好。现在看来传说不假，会在节日给仆人放假，让他们出去玩，这年头实在少见啊！

突然想起姐姐晓晴，不知她有没有跟着大家出门，按她喜欢逛街购物的喜好，应该不会放过这机会吧？

很快到了厨房，往里面瞅瞅，鬼影都没有一个。令他惊喜的是，一张长长的桌子上，堆放了好些食材，可能是昨天晚饭剩下的。

哈哈，该是大饱口福的时候了。这几天吃那胖姑做的异常难吃的饭食，已经到了忍无可忍的地步，今天终于可以随心所欲，为自己做点好吃的了。

晓星喜滋滋地去瞧那些食材：大白菜、宽粉条、猪肉，又见到一个大盆里有炸好的豆腐和肉丸……

晓星灵机一动，就地取材，不如做个"一品锅"。晓星本身是个"吃货"，最近跟着嫣明苑厨房的大厨学了一些菜式，这"一品锅"就是其中一个。

于是，他拿了一棵大白菜，洗好切成块状，拿了一些葱切成葱花，又拿了一小块五花肉切成薄片，取了一些炸肉丸和炸豆腐块，以及宽粉条，还有几个蘑菇。

晓星开始美滋滋地炮制美食了。首先将大白菜块、粉条用开水煮软，捞出待用。接着在锅里倒入食用油，当油六成热时将肉片及葱花同时放入锅中炒，等葱香味开始散发时放入豆瓣酱，翻炒出味，随后将大白菜、粉条放入锅内翻炒。

之后加入几碗水，水开后加入酱油、盐、调味粉、炸肉丸、炸豆腐块、蘑菇，大火炖五分钟，再用小火炖十五分钟。

锅盖一掀，晓星就忍不住口水直流，好香啊！又自我赞美了一句："哇，我好厉害啊！"

留了一碗给姐姐晓晴，再给自己盛一碗，也不顾烫嘴，便大嚼起来。

"嘿，在偷吃什么！"突然一个清脆的声音，把晓星吓

了一大跳。嘴里还没咀嚼的大半个肉丸一下滑进了喉咙。

"咔，咔，咔！"晓星拼命往外吐，又用手指去抠喉咙，好不容易才把那大半个肉丸吐了出来。

他气恼地看向声音发出的地方。

门口站着一个大概十岁左右的小姑娘，身穿藏青色的裙子，留着蘑菇头，圆脸蛋大眼睛，长得很可爱。

"想要人命吗？"晓星气不打一处来。

小姑娘一开始见晓星脸红脖子粗的样子，也吓了一跳，见他没事，才松了口气："别赖我，你自己做贼心虚嘛！"

"我才不是贼！"晓星气呼呼地说，"今天放假没人做饭，我自己做饭自己吃，不行吗？"

小姑娘忽然抽了抽鼻子："你在吃什么？怎么这么香？"

晓星用手护住大碗："一品锅。是我的，没你份儿！"

小姑娘眼睛一亮："一品锅？我还没吃过呢！能给我吃点儿吗？"

晓星脖子一拧："不给，谁叫你说我是贼。"

小姑娘拉了张凳子，坐到晓星对面，扭着身子说："我要吃我要吃我要吃！我道歉不行吗？我以后再不说你是贼了。给我吃点，好不好嘛？"

"没见过这么馋嘴的女孩子。"晓星看了小女孩一眼，心软了。他把留给姐姐的那碗拿来，放到小姑娘面前。等会儿再给姐姐做吧！

"啊，这碗全给我？"小姑娘喜出望外，她拿起筷子和汤匙，小口小口地吃了起来。

"好吃，好吃！"女孩眯着眼睛，脸上露出无比幸福的神情。

哼，真是个吃货！晓星心里暗笑，然后自己也埋头吃自己那碗。

呼噜呼噜，两人连汤带菜，很快大碗就见了底。

"哇，好舒服！"两人异口同声地说。

没想到大家感受一样。两人愣愣地看着对方，好一会儿，才哈哈大笑起来。

他乡遇知己，人生一大幸事啊！

"幸会幸会，我叫晓星！"

"幸会幸会，我叫桐桐！"

第 *3* 章
神仙的小徒弟

"小哥哥，这一品锅真是你做的，真好吃。比府里的那些大厨做得好吃多了。"桐桐双手托腮，大眼睛一眨一眨的，眼里的粉红心心"嗖嗖嗖"地向晓星发射。

晓星小尾巴一翘一翘的，吹起牛皮来了："当然。我还会做很多菜呢！从一到十都会。"

桐桐眼睛一眨一眨地看着晓星，疑惑地问："从一到十的菜？那是什么菜呀？"

晓星得意扬扬地开始吹牛皮："听着，那就是一品豆腐、二龙戏珠、三鲜鱼饺、四喜丸子、五味果羹、六福糕点、七星脆豆、八宝烤鸭、九转肥肠、十味鱼翅。"

桐桐的嘴巴张得都可以塞进一颗鸡蛋了："哇，小哥哥好厉害呀！这些菜，我连听都没听过呢！你真的全都会做呀？"

"当然。"其实晓星说少了两个字，他应该说"当然不是"。

因为他只会做其中的一品豆腐呢！不过，在小妹妹面前，不会也要说会的哟！

桐桐光是想想那些名字就知道很好吃了，她说："小哥哥，以后能做给我吃吗？"

"以后再说吧。"晓星瞧了瞧桐桐，说，"不过，你得先擦擦你的嘴，流口水了。"

"啊！"桐桐脸上一红，赶紧用手擦擦嘴角，"没有啊！"

晓星咧开嘴："哈哈哈……"

桐桐嘟着嘴："你捉弄我！"

她拿起一根黄瓜，朝晓星扔去。

晓星一把接过黄瓜："哈哈哈，好啦，我做一个美味冷盘，向你赔礼好了。"

"那还差不多，快做快做！"桐桐咽了一下口水，眼巴巴地看着晓星。

"看好，别眨眼！"晓星将一根黄瓜洗干净，用刀背把黄瓜拍松，再把黄瓜籽去掉，切成小块，放在碟子里。又

拿了一头蒜和一根辣椒，剁碎，下油锅煎炸出香味，然后再把蒜头、辣椒与黄瓜搅拌均匀，最后淋了点生抽和醋。

"这菜叫'拍黄瓜'，快尝尝！"晓星把碟子放到桐桐面前。

"谢谢！"桐桐愉快地执行小哥哥命令，用筷子夹起一块黄瓜，放进嘴里，"哇，太好吃了！"

眨眼工夫，整碟黄瓜就进了小吃货的肚子里。

小吃货吃得饱饱的，她心满意足地摸着肚子，眼睛眯着，看上去很像一只吃饱喝足的懒猫咪。

她好像想到了什么，好奇地问："晓星哥哥，你厨艺这么厉害，是谁教你的？"

晓星乱编一通："嘿，那就说来话长了。话说十年前，有一次我闲得无聊，坐在家门口那棵歪脖子树下发呆，突然远处走来一位仙风道骨的白胡子伯伯，伯伯一见我便大吃一惊，说我骨骼清奇，实是世间不可多得的奇才，然后哭着喊着非要教我一门绝世功夫。我实在无奈，就随便选了厨艺一项。于是，伯伯便这样那样，这般那般，教我如何做绝世美食。"

桐桐张大嘴巴，下巴都快掉到桌子上了："原来你的厨艺是神仙教的，怪不得这么厉害！"

"嘿嘿嘿！"晓星仰天奸笑，心想这异时空的小孩子真好骗啊！这也信？！

"啊，大事不好！"晓星看看挂在墙上的时钟，突然想起了什么，"得赶快给姐姐做点好吃的，胖姑做的饭吃得她快疯了。"

"好啊，快做快做！"桐桐眼睛一亮，她太想看看晓星又弄出什么绝世美食。

大队人马很快就回来了，得做点好吃又容易做的。晓星想了想，说："对，就做鸡蛋脆饼。"

晓星找来一些面粉、四个鸡蛋，还有白糖、黑芝麻，然后把这些材料全部混合搅拌均匀后，便开始制作了。

先把平底锅刷上油，不等油热，便从盆里舀出一勺蛋面浆来，往油锅里一倒，锅里便出现了一个薄薄的面片儿，然后又用筷子轻轻地一撩，一卷，一个黄澄澄、香脆好看的薄蛋卷就做成了。

"哇，哇……"随着桐桐的一声声惊呼，晓星很快做出了十几个鸡蛋卷。

看着碟子里堆成小山般的鸡蛋卷，桐桐迫不及待拿了一个往嘴里送，又香又脆，浓浓的鸡蛋味，香香的芝麻味，简直没有更好吃的了。

"嗯、嗯、嗯、嗯……"桐桐吃了一个又一个，嘴里还一边发出意义不明的声音。

晓星见碟子里的东西以肉眼可见的速度消失着，急忙拿起碟子，往身后一藏："喂，快让你吃光了。我得留点儿给姐姐。"

桐桐意犹未尽地盯着晓星放在身后的手，看上去还想吃："我、我再要几个行吗？"

晓星坚决地摇摇头："不行，你都吃了快一半了，还没吃够吗！"

桐桐眼里满是恳求："我想拿几个给我爹爹吃。"

原来是想孝敬长辈，这小孩不错。晓星点点头，说："好吧，那再分一半让你拿走。咦，你爹爹是谁呀？"

桐桐说："我爹是赵恒。"

"赵恒？！"晓星眼睛睁得大大的，赵恒不就是副市长，也就是这赵府的主人吗？

原来这小吃货是赵府大小姐。

这时突然听到赵府大门方向传来喧闹声，桐桐高兴地说："一定是爹爹回来了！"

她端起晓星给她的那碟鸡蛋卷，用小手帕盖好，一阵风似的跑了。

桐桐这边刚离开，晓晴就来了，她睡眼惺忪的样子，看上去刚睡醒。

"咦，姐姐，你没去逛庙会吗？"晓星问道。

晓晴一脸的轻蔑："嗤，有什么好看的，我有时间不如睡个美容觉。"

她的眼睛像探照灯一样，一下照到了桌上那碟蛋卷，不禁大喜："啊，鸡蛋卷，给我！"

晓星狗腿地把碟子递给姐姐，说："我做的，专门留给你。"

晓晴一把夺过碟子，抓起一个就吃。咔嚓咔嚓，简直停不下来。

第4章
祸从天降

"爹爹！"赵桐桐跑到大门口，见到了从外面回来的父亲赵恒，还有她的三个弟弟妹妹。

桐桐的母亲一年前因病去世，父亲疼惜自己的四个儿女，怕他们抗拒后母，便一直没有再娶，决心一个人抚养子女长大。

"爹爹，你尝尝这鸡蛋卷，很好吃呢！"桐桐拿起一个鸡蛋卷递给赵恒。

"呵呵，桐桐真乖！"赵恒笑呵呵地伸手去接。

就在赵恒伸手的刹那，突然听得一声大喝："罪犯赵恒，我等在此等候多时，还不俯首就擒！"

桐桐吓了一大跳，手一抖，碟子砰一声跌落在地，鸡蛋卷掉了一地。

还没等她回过神来，就见到一名军官带着三四十名带刀士兵，朝他们一家围了上来。

赵恒见这情形，神色大变，但却没有丝毫畏惧，他圆睁双眼，冲着那个军官，质问道："本官从政多年，为国家尽忠，为民众尽力，鞠躬尽瘁，从不敢懈怠。不知因何事要抓我？"

那名军官冷笑一声："你里通外国，泄露国家机密，罪无可恕，还敢诡辩！"

"什么，里通外国，泄露国家机密？！"赵恒恍如晴天霹雳，无法相信自己的耳朵，他大声叫道，"我要见大总统，我要问个明白！"

"大总统很忙，是你随时能见的吗？走吧！"军官一挥手，一辆车子开了过来，几名士兵粗暴地把赵恒推了上去。

"爹爹，不许抓我爹爹！"吓呆了的桐桐，这时才醒悟到发生了什么事，她尖叫着向车子扑了上去。

"爹爹，爹爹你去哪儿……"另外三个较小的孩子，哭着喊着，跟在桐桐后面跑。

赵恒一脸的悲愤，他双手扒着车窗，对孩子们说："回

家吧，爹爹没有罪，很快就会回家的。你们好好在家等着，等爹爹回来。"

车子开动了。

"不能走，爹爹不能走……"

孩子们想追上去，被士兵们拉住了。

赵恒在车子里拼命喊道："桐桐，要带好弟弟妹妹。柏柏，柳柳，枫枫，你们要听姐姐的话……"

载着父亲的车子越走越远，渐渐看不见了，孩子们哭倒在地。

当晓星和晓晴听到外面情况不对，跑出来时，刚好见到桐桐跪在地上，边呜呜地哭着，边捡起散落地上的鸡蛋卷："爹爹，鸡蛋卷可好吃呢，你怎么不吃一口就走了？爹爹啊！"

晓星慌忙跑过去，问道："发生什么事了？"

桐桐见到晓星，哭得更大声了："晓星哥哥，我爹被抓走了！"

赵副市长被抓，赵府马上乱套了。没有女主人，大小姐桐桐又只是一个十岁的小姑娘，遇到事情只会哭。幸好老管家杨伯临危不乱，一面让人照顾好府中小姐少爷，一面安抚吓坏了的丫鬟小厮，让鸡飞狗跳的赵府勉强安定下来。

　　也许是晓星有个"神仙徒弟"的光环在，又会做好吃的，桐桐对晓星很是信任和依赖，非要晓星和晓晴留在他们住的院落，陪伴他们兄弟姐妹。老管家不明白大小姐为什么这样喜欢两个在厨房干活的小仆人，但也不好违抗主子的意思，也就由着他们了。

　　桐桐下面三个弟妹都很小，大弟弟赵柏柏八岁，处在懂事和不懂事之间，爹爹被抓后一直死死地抿着嘴巴，一声不吭，但明显看出他在强忍眼泪；妹妹赵柳柳六岁，娇滴滴的胆小鬼加爱哭鬼，自出事后一直泪汪汪地拉着大姐姐的手不肯放，姐姐去哪儿她就跟到哪儿；小弟弟赵枫枫只有五岁，胖嘟嘟的可爱小包子，好像不大明白究竟发生了什么事，老是问哥哥姐姐们，爹爹坐车车上哪儿去了？今晚还会给他们讲睡前故事吗？

　　晓星和晓晴都很同情那四个可怜的小孩，为了哄他们开心，晓星给他们讲了一个又一个故事，晓晴就给他们唱了一首又一首好听的儿歌，使尽浑身解数，才哄得孩子们破涕为笑，最后乖乖地各自回房睡觉。

　　安顿好孩子们，晓星和晓晴准备回房休息，路过偏厅时，见到管家杨伯一个人坐在黑暗中，黯然流泪。

　　"杨伯。"晓星喊了一声。

杨伯抬起头，见是晓星姐弟，抬手用袖子擦了擦了眼里的泪水，说："谢谢你们了。要不是你们，几位少爷小姐，真不知怎样熬过这一天呢！想不到，在老爷落难时，是你们两个小孩子出手帮忙。可恨有些人，枉老爷平时对他们这么好，大难临头却跑掉了。"

晓晴晓星这才想起，自出事之后，就不见了平时颐指气使的那两个小管事。

晓星拍拍胸口说："杨伯，以后你有什么需要帮忙的，尽管找我们好了。我和姐姐帮你！"

杨伯摇头叹息："谢谢你们。唉，我只是年纪老迈的老人一个，夫人去世了，老爷出了事，少爷小姐又小，我现在千头万绪，真不知接下来怎么办才好呢！"

晓晴想了想，说："杨伯，我给你个建议。老爷一定也有些朋友吧，你明天天亮就去找他们打听，看老爷究竟因为什么事被抓，事情严不严重，才好决定怎么设法营救。"

"姐姐，什么时候变这么聪明了！"晓星听了朝晓晴竖起大拇指，又对杨伯说，"我也赞成姐姐的建议。杨伯，你怎么看？"

杨伯脸上露出了笑容："好，晓晴姑娘这方法好。我记得老爷有个姓吴的相熟朋友在总统府做事，我明天一早就去找他打听。"

晓星打了个呵欠，说："杨伯，那我们先去休息了。你也早点睡吧！"

杨伯说："好的，我再去各处巡逻，然后就睡。"

晓晴和晓星跟杨伯说了晚安，就回自己屋了。

第二天下午，晓晴和晓星带着四个小孩玩老鹰捉小鸡游戏，孩子们都玩疯了。大冷天出了一身汗，晓晴怕孩子们着凉，便叫仆人带他们去换衣服，自己和晓星坐在树下休息。这时杨伯慌慌张张跑了进来。

"大事不好！那位吴先生说，老爷是被牵连进了一宗重大间谍案。京城市长张高，收受贿赂，充当经济间谍，把机密的经济情报出卖给一个贸易对手国家，致使国家经济蒙受重大损失。大总统大为震怒，设立专案组审讯张高，命令务必揪出隐藏的同案犯。结果张高供出十多名官员，其中竟然有老爷。"

"吴先生说，大家都知道我们老爷是一个正直善良、忠心为国的人，怎么会做出卖国家的事，但张高一口咬定不放。听说，这宗案子大总统已经下令从严处理，涉案人员全部判死刑，不准上诉，秋后处决……老爷啊！"杨伯老泪纵横，浑身打战，"怎么办呢？少爷小姐还这么小，他们已经没有

了母亲，现在眼看又要失去父亲了！"

晓星和晓晴面面相觑，不知怎么办才好。简直是草菅人命啊，怎么可以凭张高一面之词，就可以判定赵恒有罪呢！

杨伯强忍悲痛，又说："吴先生真是好人，他在天牢找了关系，允许我带大小姐去狱中探视老爷，我得马上带大小姐出发了。"

晓晴和晓星只好安慰杨伯，事情还没到绝境，好人有好报，一定还有办法的。

杨伯擦擦眼睛，苦笑着说："希望承你们贵言，老爷会逢凶化吉。"

杨伯说完，急急地找桐桐去了。

第 *5* 章
无家可归

　　杨伯和桐桐是傍晚时回来的，桐桐眼睛红肿着，相信是哭了很久；而杨伯则一脸哀伤，样子好像一下子老了十岁。

　　晓星正焦急地等在大门口，一见他们回来，马上迎了上去，关切地询问赵恒情况。

　　杨伯神情沮丧地说："老爷已知道事情不好了，他交代了后事……"

　　桐桐一听"后事"两字，不禁又大哭起来："爹爹呀，爹爹呀！我要爹爹……"

　　晓星不知说什么好，只好去安慰桐桐："桐桐别哭，现在离秋后还有好几个月，我们一起想办法，事情会有转

机的。"

晓星正要再说几句宽慰的话,让桐桐和杨伯放心。这时,一个看门的男仆人慌慌张张跑来:"杨伯,杨伯,有人来了,有很多人来了,好凶的人!"

杨伯一愣,问道:"是什么人?来干什么?"

仆人害怕地说:"不知道,好像听他们喊了一句,什么'抄家'。"

"抄家?!"不管是杨伯,还是桐桐、晓星,都惊呆了。

晓星心想,也太赶尽杀绝了吧,人都抓了,还要抄没财产,这让人怎么活呀!

三人匆匆赶到赵府门口,一队人马已迫不及待要冲进府里了。

桐桐冲了过去,张开两手,拦住领头的人,喊道:"你们来干什么?不许进,不许进!"

领头的是个中年人,他把手里一张黄色的纸扬了扬,说:"奉大总统命令,抄没罪人赵恒家产,包括府第及府内一切财物。赵府上下人等速速离开,不能带走府中任何物品。"

说完,手一挥,手下几十名士兵开始驱赶赵府的人。晓星拼命护住桐桐和杨伯,但毕竟人小力微,很快就和其他小厮丫鬟一起被赶出了大门,由几名士兵看守着,不许

走动。

"弟弟妹妹他们还在里面,他们会害怕的!"桐桐突然想起了什么,惊慌地喊了起来。

"啊,姐姐!"晓星也想到了和孩子们在一起的晓晴。

桐桐冲向大门,晓星也跟着跑了过去,但被士兵拦住了。

桐桐哭喊着:"我要进去,我要去找弟弟妹妹!"

士兵不为所动,只是不让进。

这时听到了小孩子的哭声,一看,正是晓晴带着柏柏、柳柳、枫枫,被士兵驱赶着往大门这边来了。

"姐姐!"晓星不顾一切跑过去,"姐姐,你没事吧?柏柏你们别怕!"

晓晴把手里抱着的枫枫交给晓星,一脸的惶恐:"吓死了,一大帮人冲进来,就赶我们走。什么人哪,太野蛮了!"

柳柳和枫枫哭得一脸眼泪鼻涕,柏柏小脸苍白但又忍着不哭,看上去可怜极了。小姐姐桐桐张开手抱住他们,放声大哭。

"好了,全出来了。你们走吧,这房子没收了,你们自己找地方住,快走快走!"那个该死的中年人走出来,朝赵府的人挥了挥手,然后让士兵把大门关上了。

赵府上下几十口人,惶惶然站在大门外,不知所措。

"杨伯,你怎么了?"晓星突然发觉身边的杨伯不对头,他脸色苍白,嘴唇发紫,一只手捂住胸口,身体摇摇欲坠。

晓星赶紧放下抱着的枫枫,伸手扶住杨伯,晓晴也走过来帮忙,两人把杨伯扶到一棵大树下,让他坐了下来。

"杨伯,杨伯,你不要有事,你有事我们就没人照顾了……哇哇……"四个小孩子跑了过来,围着杨伯哭。

晓星和晓晴有点手忙脚乱,这里不是现代,可以立即打电话叫救护车,把病人送院救治。他们又不懂医,只能干着急。

这时他们不约而同又想起小岚来了。

要是小岚在,她肯定懂得处理。小岚懂得很多医学方面知识呢,她是跟毕业于医科大学的万卡哥哥学的。

"噢,我有瓶药油!"这时晓晴突然想起,自己口袋里有一小瓶提神醒脑的药油,还是在乌莎努尔穿越时,她怕"晕时空器",特意放在口袋里的。

晓晴把药油涂在杨伯的鼻子下面,还有太阳穴,过了一会儿,杨伯终于悠悠醒了过来。

杨伯平时身体还算不错,刚才因为又气又急,一口气上不来,所以昏倒了。

看着眼前四个一个比一个小的少爷小姐,杨伯老泪纵

横:"小姐,少爷,你们别害怕!我会好好的,留下一条老命,照顾好你们的。"

杨伯扶着树干站了起来,对那帮惶恐不安待在一旁的仆人说:"你们走吧!老爷说了,你们的卖身契约将自动取消,你们自由了,不再是赵府的奴仆,你们自寻生路去吧!"

"啊,真的?!"

"老爷真是大好人哪!"

赵府的仆人都又惊又喜,因为他们都是被卖到赵府的,按法律就要一辈子在赵府做仆人,不得离开,如想离开就得拿一大笔钱赎身。现在听杨伯说给他们自由,但又不用给赎身钱,都有点儿不相信自己耳朵。不过,兴奋过后又有点舍不得,不知以后还能不能碰上像赵副市长这样的好雇主。

仆人们流着眼泪和少爷小姐道别后,纷纷离开了。只留下了赵家四个孩子和老管家杨伯,另外就是根本无处可去的晓晴、晓星。

桐桐惴惴不安地看了看晓晴、晓星,小心地问道:"你们也会离开吗?"

晓星看看晓晴,两人会意地笑了笑,晓星对桐桐说:"我们不走,留下陪你们。"

桐桐这才松了口气："真好。谢谢你们。"

桐桐又问杨伯："杨伯，天快黑了，我们现在怎么办？"

杨伯看了看身边包括晓晴晓星在内的一大帮未成年人，不知怎么办才好。

他摸了摸身上，一个铜钱都没有，真不知接下来的日子怎么过。

晓星看见杨伯苦恼的神情，也猜到发生了什么事，想起不远处有座小破庙，便说："天快黑了，我们不如先找个地方落脚。附近有座小庙，我们可以先去那里休息，其他事等会儿再说。"

"好，就这么办。"杨伯也没其他更好的办法，便点头赞同。

那座小庙他知道，又破又旧，四处漏风，但总比露宿街头好一点啊！

第 6 章
母亲的遗嘱

　　晓星抱着枫枫，杨伯抱着柳柳，晓晴一手拉着桐桐一手拉着柏柏，老老少少七个人，走了半个小时才到了那个小破庙。大家都累坏了，全坐到地上，喘着大气。

　　小庙不大，因为没有人打理，供奉的神像残破不堪，已难以看出本来面目了。小庙的大门也不见了，风从那个大门洞嗖嗖地往里钻。不一会儿，外面又滴滴答答下起雨来。

　　"冷！"柳柳抱着姐姐桐桐，喊着。

　　"我也冷！"枫枫小脑袋埋到晓星怀里。

　　被赶出来的时候，大家都只是穿着家常衣服，怎抵得这荒野夜晚的刺骨寒风。

人人都抖啊抖的，大家只好挤在一起互相取暖。

咕咕，咕咕咕，咕咕咕……

什么声音在此起彼伏？

"我饿……"枫枫抬起头，嘟着小嘴对晓星说。

枫枫的话提醒了大家，还没吃晚饭呢！肚子咕咕咕地提出抗议了。

桐桐问杨伯："杨伯，附近有卖吃的吗？可不可以买点吃的回来？"

杨伯苦着脸说："没有钱呢！"

"哦。"桐桐应了一声，眼睛红红的。

七个人不是老就是少，在这样寒冷的夜晚，还饿着肚子，真不知能不能挨到天明。晓星好担心啊！

突然，听到一阵脚步声由远而近，踩在落叶上发出"沙沙沙沙"的声音。大家往门外一看，只见一个长长的黑色的影子，慢慢地往小庙这边移来。

"鬼啊！"晓晴这胆小鬼首先叫了起来。

"啊，鬼？"桐桐和柳柳也尖叫起来。

连杨伯也吓得脸色惨白，两眼死盯着门外。

只有晓星和柏柏两个小男子汉不怕，警惕地看着那黑

影。枫枫睁着圆溜溜的大眼睛看着，他是不知道怕。

黑影走到离小庙五六米远的地方停了下来，好像在犹豫。晓星鼓起勇气，喊了一声："什么人？"

那黑影说话了："请问是赵副市长的家人吗？"

咦，来找他们的！

杨伯鼓起勇气说："你找赵家的人有什么事？"

黑影说："两年前，我受赵夫人所托，她留下一些东西，让我交给她的儿女。"

"啊，是我娘让你来找我们的？"桐桐十分惊喜，她大声说，"请进来，我是桐桐。"

黑影一听，马上快步走进小庙，脱下穿着的雨衣，原来是一位年约三十岁的阿姨。只见她穿着黑色紧身衣服，英姿飒爽的，像是行走江湖的女侠。

桐桐性急地问："请问娘留了什么给我们？你为什么要过了两年才来？"

女侠阿姨朝小庙中的人抱拳行礼，然后说："我跟赵夫人相识多年。两年前，赵夫人在病中悄悄出府见我，将一封书信留给我保管，说是赵副市长为人耿直，得罪过许多权贵，怕有一天会遭人报复。她说如果万一赵府出事，就把这封信交给她的子女。前两天，我听闻有军队包围赵府，抓走了赵副市长，今天又有军队去赵府抄家，一家人被赶出家门。于是，我便拿了信到处找你们，幸好有你们的邻居指点，我才寻到这里，找到你们。"

女侠阿姨从背包里拿出一个大信封，交给桐桐。

"啊，是我娘的字迹！"桐桐看着信封上面的字，悲喜交加。

"这是我路上买的一些包子，可以用来充饥。"女侠阿姨又递给桐桐一包东西，然后说，"我的任务完成了，请各位保重。我走了！"

桐桐十分感动，朝女侠阿姨深深鞠躬，说："谢谢阿姨仗义帮忙！"

"谢谢阿姨！"一帮小孩七嘴八舌地喊着。

杨伯也激动地朝女侠拱手："谢谢帮忙。请问高姓大名？日后有机会让小姐他们报答你。"

"应该的，不用报答！"女侠阿姨看着众人，微笑着说，她又用手摸了摸桐桐的头，"我相信赵夫人在天之灵一定会保佑你们的。希望在人间，好好活下去。"

说完，转身走出小庙，很快就不见了人影。

"姐姐，快看看娘写了什么！"柏柏和柳柳、枫枫围了上来。

桐桐的手颤抖着，打开了信封，从里面抽出一张纸，

念道："我儿桐桐、柏柏、柳柳、枫枫，当你们看到这封信时，家里一定是出事了。别伤心，别难过，日子还得过下去。保护好自己，想办法救你们爹爹。冬天过后就是春天，一切会好起来的，娘在天堂为你们祈祷。随信有一张房契和一些钱，希望能帮助你们好好活下去。"

"娘啊……"姐弟四人抱头痛哭。

旁边的晓晴晓星，还有杨伯都在擦眼泪，太感人了！这赵夫人是多么聪明睿智的一位伟大母亲啊，已经不在人世了，却还能为儿女留下一片绿荫，为他们遮风挡雨。

桐桐抽泣着，从信封里拿出一张一百两的银票，一串钥匙和一张房契，房契的户主名字那栏，写着赵桐桐、赵柏柏、赵柳柳、赵枫枫四个人的名字。

孩子们有地方落脚了，杨伯心中大定，他赶紧打开那袋包子，说："大家都饿了，快吃吧！"

在这凄风苦雨的夜晚，因为有了赵夫人浓浓的爱，有了女侠阿姨的热包子，大家好像觉得不那么冷了。吃完包子，大家互相依偎着，度过了漫漫长夜。

第二天一大早，杨伯就叫醒了孩子们。小庙四处透风，不是久待的地方，得赶快带他们去夫人留下的房子。

老老少少一行七人又上路了。

　　从小破庙到赵夫人留下的房子不太远，只是队伍中有几个小孩子，所以走得有点儿艰难。幸好中途遇到一个好心的赶车老伯，载了他们一段路，所以很快就到达了目的地。

　　房子坐落在一条叫作临江坊的宽阔大街上，是一幢两层高的小楼，打开门走进去，只见一楼是没有装修过的，是一整个开间，二楼就分隔成十个小房间。

　　桐桐带着弟妹一楼二楼跑上跑下的，都十分兴奋，虽然这里比不上之前住的赵府，但经历了昨晚的那个小破庙，他们已经觉得很满意了。

　　杨伯脸上没有了昨天的愁苦，孩子们有了栖身的地方，一切就有了希望。他对晓星和晓晴说："我们得去买些日常用品。晓星，你跟我一块去吧！晓晴，你留下来照顾小姐他们。"

　　"好的。"晓星和晓晴异口同声说。

第 *7* 章
风一样的女汉子

  重置一个家真的不容易，光是厨房用品，什么铁锅呀，锅铲呀，碗呀筷呀，瓶瓶罐罐呀，就买了一大堆。这里没有送货服务，买东西回家还真是很不方便。杨伯把两个大布包袱放在地下，把东西往上面放，然后把包袱的四只角一扎，包了起来。

  两个小山般大的包袱，一人背一个。但晓星是未成年人，杨伯是老人家，背这样又大又重的包袱，真是太艰难了！

  晓星和杨伯互相看看，咬咬牙，正准备把包袱扛起来。突然，有个水桶般的庞大身影冲了过来，把两人吓了一跳。又听到哇的一声，有人大哭起来："杨伯呀，我找你们找得好惨呀！"

两人定睛一看，啊，这不是胖姑吗？

只见她砰一下跪在地上，哭得口水鼻涕都出来了："老爷啊，少爷小姐啊，怎么我一不在，你们就出事了呢！早知道我就不请假去看朋友了！呜呜呜，如果我在的话，谁敢抓走老爷，谁敢欺负少爷小姐，看我这两百多斤不撞死他……"

杨伯看着沾了胖姑许多眼泪鼻涕的衣服，嘴角一扯一扯地痉挛着。他看看四周围观的人，尴尬地说："胖姑，胖姑，你先起来，好好说话。"

"嗯。"胖姑抽泣着，站了起来，又问道，"少爷小姐呢？他们没吓坏吧？没有了我煮的美食，他们一定食不下咽。"

"没事，没事，他们很好，别担心。"杨伯拍拍胖姑的背，说，"夫人生前给他们留了一幢房子，还有一些钱，暂时还过得去。"

胖姑高兴地拍着手，还挂着眼泪的脸笑开了花："我之前担心死了，怕他们饿坏了，冻着了。我们的新家在哪儿？我得赶快回去给他们做好吃的。"

晓星在一边一直没作声，心里想，没想到这狂妄自大又傻傻的家伙，还挺有良心的，明明知道赵家已经万劫不复，

还忠心地找了过来。

杨伯说："我和晓星买了一些用品，正准备回去呢！"

胖姑好像才发现了晓星，把他上上下下打量了一遍，说："小子，没想到你还留了下来，有义气。胖姑收你当小弟，以后护着你！"

晓星撇撇嘴："你以为自己是黑社会大姐大呀，还收小弟！"

胖姑看见地上两个大包袱："杨伯，这就是刚买的东西？好，我来拿。别指望这小子能帮上忙，看他细皮嫩肉，胳膊细得火柴棒似的，能有多大劲。"

说完，她一手拿起一个包袱，帅气地甩到两边肩膀上，然后蹬蹬蹬地走了。

晓星目瞪口呆地看着，哇，厉害，简直是一辆人型运输车啊！

风一样的女汉子胖姑，背着两个大包袱蹬蹬蹬往前走着，晓星和杨伯空手都没她走得快。

经过家具店时，杨伯又买了床和一些别的家具。幸好家具可以送货，不然即使有了胖姑这"人型运输车"，也搬不动那些东西。

回到家，桐桐和弟妹们见到胖姑，都很高兴，多了个熟悉脸孔让他们感到多了一分安心。

胖姑十分激动，天晓得她那巨大的身躯怎么会这样灵活，反正她不停地上蹿下跳的，一会儿出现在一楼，一会儿出现在二楼。自她回来后，家里热闹多了。

不过，说真话，这胖姑也挺能干的，反正她在小楼里这样上蹿下跳了一个多小时，就把杨伯买回来的东西全都摆在了它们应该待的地方，赵夫人留下的房子基本上有了"家"的模样。

一切安排妥当之后，胖姑站在楼下大厅振臂高呼："又到了胖姑施展拿手好戏的时候了，少爷小姐们，你们等着！"

胖姑说完，就窜到了厨房。

厨房的案桌上放着杨伯刚买回来的食材，胖姑一看——大白菜、五花肉、炸肉丸、炸豆腐块，还有宽粉条，五六个蘑菇。

胖姑挠挠头，零零碎碎的一大堆东西怎么做菜？

这时桐桐领着晓星走了来，桐桐说："胖姑，让一让。你去隔壁小厨房煮饭，菜由晓星哥哥来做。"

"什么？！"胖姑惊呼一声，小山似的身躯把厨房门一拦，就像国王保护自己的领土一样。她悲愤地质问，"为什么？"

桐桐指指案桌上的食材，说："这些食材是我特地让杨伯买回来的，让晓星哥哥做很好吃的一品锅呢！"

"一品锅？连我这么厉害的大厨都没听过。"胖姑把脸转向晓星，"小子，别糊弄少爷小姐们。"

晓星挑挑眉毛，没说话。

桐桐拍拍胖姑的胖手，说："他没糊弄我们，真的很好吃，我吃过。"

胖姑不敢违抗小姐，但又不甘心，她冲着晓星威胁道："如果做得不好吃，揍死你！"

晓星耸耸肩，说："少操心，隔壁煮饭去！"

胖姑嘴巴嘟得长长的，走了。

桐桐眨眨眼睛："要帮忙吗？"

晓星挥挥手说："不用。越帮越忙，去外面等吃吧！"

桐桐一边往外走，一边说："快点哟！"

晓星信心十足地开始炮制美食。一品锅是他的拿手好戏，闭着眼睛也不会失手。

洗呀洗，切呀切，炒呀炒，最后放进锅里炖呀炖。哇，香气袭人。

门口有人鬼鬼祟祟地偷看，听那沉重的脚步声就知道是个很有"分量"的人。接着听到有人哼哼唧唧地说："闻着香不等于好吃，别高兴得太早了！"

晓星一回头，却嗖的一下子不见人了。

倒是胖得身手灵活。

半小时后，晓星端着一大锅的一品锅，从厨房走了出来："可以吃喽！"

早就围坐在小桌子前的孩子们马上欢呼起来。大概是晓星做菜这段时间桐桐不遗余力地给一品锅"打广告"，孩子们一见晓星出来就两眼放光芒。

"哇，好吃好吃！"

"晓星哥哥棒棒哒！"

热腾腾、香喷喷的一品锅，让大家吃得停不下来，差点儿连舌头都吞进肚子里了。

杨伯发现胖姑待在厨房没出来，便喊道："胖姑，快来吃饭！"

"我不出去！"从厨房传出胖姑"宁死不屈"的声音，"我用酱油下饭就挺香的。"

杨伯摇摇头，又呼呼呼吃了起来。

除了晓晴只是吃得刚刚饱之外，其他人都吃到直不起腰才放下筷子。

万卡总怕小岚吃不惯乌莎努尔的菜式，因而嫣明苑的

主厨是从中国请来的顶级好手，曾经做过国宴的大厨，所以早把晓晴的嘴吃刁了。晓星这道一品锅，在她嘴里只能算是"可以"。

杨伯怕孩子们吃撑了，便带他们出去散步消食。

赵夫人买的那幢小楼位置挺不错的，前面就是一条波光粼粼的河流，河边杨柳依依、绿树成荫，河上白鹅游弋、帆影处处，总之是风光无限好。走了一大圈，柳柳、枫枫说累了，一行人便回家去。

一推开大门，大家的眼睛都不禁睁大了——只见刚才还信誓旦旦不会吃一口一品锅的胖姑，这时却坐在桌前，津津有味地吃着剩下的小半锅一品锅。听到开门声音，胖姑转头看过来，顿时瞠目结舌，嘴里的一颗肉丸扑通一声掉回锅里……

第 *8* 章
令人口水直流的中华美食

下午，杨伯让桐桐带着柏柏、柳柳、枫枫上楼午睡去了，然后招呼晓晴、晓星和胖姑坐下，说是商量事情。

杨伯说："有件事我得告诉大家，因为购置家居用品，夫人留下的钱已用了差不多一半，以现在的生活水平，估计一个月后钱就会用光了。"

晓星、晓晴和胖姑听了，都发起呆来。现在有八个人吃饭呢，没有钱怎么办？

杨伯看了大家一眼，说："我有个想法，我和胖姑可以出去找工作，每个月的工资用来养家。晓晴、晓星年纪小没人雇用，就留在家里照顾少爷小姐他们。"

公主变身小厨神

胖姑把胸口拍得嘭嘭响："行！像我这样的大厨，一定会很抢手的。只是杨伯你年纪大了，找工作不容易。算了，你就留在家里吧。养家的事，我来负责！"

晓星瞅瞅胖姑，女汉子挺讲义气哟，还有那份不知从哪儿来的自信实在难得。

杨伯叹了口气，他也明白胖姑说的没错。像自己这样六十岁的老人，已到退休年龄了，找工作真有点难呢！

晓星眨眨眼睛，眉头一皱，计上心头，他一拍大腿，兴奋地说："咱们不去打工，咱们自己做生意、当老板，怎么样？这样就不害怕年纪大小的问题了。"

"做生意、当老板？！"在场的人都眼睛一亮。

胖姑最兴奋："好好好！小时候就有算命先生说我是大富大贵、做老板的命呢！"

杨伯看看晓星，迟疑地说："我说晓星，我们得实际点儿。不是刚刚跟你们说过手上钱不多了吗？做生意要有本钱才行啊！"

"我这种生意本钱不用太多，而且钱赚得快，可以说是上午花出的钱，当天就回来了。想知道是什么生意吗？"晓星摇头晃脑的，故意卖个关子。

"是什么生意呀？死孩子，快说，急死人了！"晓晴忍

48

不住赏了晓星脑袋一个炒栗子。

晓星脑袋一缩，生气地说："姐姐很了不起吗？就会欺负人。"

胖姑跟晓晴同声同气："打得好，来来来，让我也敲你一下！"

"休想！"晓星摸着头，哼哼了几声，说，"我们可以开一家饭馆。"

晓晴眼睛一亮："开饭馆不错哟！可以卖些美容汤水，那我就可以保持漂亮皮肤了。"

杨伯摇摇头说："不行。开饭馆要有地方，要租一处能开饭馆的地方，不便宜啊！万一生意不好，可能连租金都不够呢！"

晓星打量着屋内的环境，说："其实我们这幢房子就很适合做饭馆，一楼设堂食，二楼一间间小房间，正好用作包间……"

胖姑瞪大眼睛："啊，那我们住哪里呀？"

晓星说："我们可以在附近租一间小点的房子，住得下就行。一般的平房，租金应该不会太贵。"

胖姑大声说："不可以的！少爷小姐们之前住花园房子，现在住这两层的小楼已经很难为他们了，还要让他们蜗居

在平房里，这怎么可以！"

杨伯摸摸下巴的胡子，沉思了一会儿，点点头说："我觉得晓星这办法可以考虑。少爷小姐都很懂事，他们不会计较住的地方的。"

晓星兴奋地"耶"了一声。

杨伯接着说："不过，人手方面可能有问题。因为开饭馆最要紧是上菜快，等上半天才有吃的，谁会来光顾啊！我们就这几个人，晓星和胖姑负责做菜，我和晓晴做服务员，那也要有人打杂呀！切呀洗呀这些活，也得有三四个人才能勉强应付得来。"

晓星神神秘秘地说："我们这家饭馆，不用厨师。"

"啊，不用厨师？！"杨伯和胖姑都傻了，连晓晴也有点莫名其妙地盯着弟弟。

胖姑睁大双眼："开饭馆不用厨师？小弟，请问这是哪一国的风俗？"

晓星胸膛一挺，说："中国的风俗！中国美食文化千变万化，不用厨师有什么奇怪。"

晓晴见晓星故弄玄虚，刚要再赏他一个炒栗子，但她突然想起了什么，喃喃地说："中国美食？不用厨师？哦，我明白了，臭小孩，我知道你想干什么了，你想专卖火锅！"

"哇，姐姐，你越来越聪明了！"晓星夸张地张大嘴巴。

"火锅？"杨伯和胖姑好像没听过。

看来这国家根本没有火锅这种美食。

晓晴解释说："火锅就是把肉呀鱼呀菜呀这些食材洗好切好，不用厨师烹饪，就生的端出去给客人。"

杨伯一脸疑惑，而胖姑就直接跳了起来："生的让客人吃？那不变成野人了！"

晓星瞪她一眼，说："嘿，谁说要生着吃！是这样的，我们会另给客人上一个铁锅……"

胖姑又跳了起来："啊，上生的肉和菜，又再上一个铁锅？哇哇哇，怪不得你说不用设厨师，原来把锅拿去让客人自己煮呀！天哪天哪，胖姑要昏倒了！"

晓晴受不了胖姑一再打断，喊道："闭嘴，再大惊小怪的，小心本小姐的无敌鸳鸯腿！"

晓晴说完，摆了个武打片里常见的姿势。

尽管是软手软脚的，但晓晴那个英姿飒爽的姿势，对胖姑来说还是很有震慑作用的，她急忙捂住嘴巴："女侠饶命，胖姑不说话就是。"

"我们上的铁锅，是盛着美味汤底的，让客人在汤底把生的食材烫熟来吃。其实这就是火锅最大的特点——现烫

现吃。试想一下，像现在这样的寒冷天气，对着热气腾腾的火锅，边煮边吃，暖烘烘，多么的舒服啊！"晓星眯着眼睛，做出一副陶醉的样子，"还有，火锅的食材可以多种多样，天上飞的地上跑的，海里游的地上种的，海鲜、家禽、蔬果等，凡是能用来制作菜肴的原料，几乎都能用作火锅主料。还有火锅的汤底，红汤汁、白汤汁，辣的和不辣的，麻辣或清淡，也有很多选择。新鲜的食材在美味的汤里烫熟，再蘸上准备好的酱汁，比如蒜泥、豉油、花生酱、芝麻酱、甜酱、辣酱，哇，简直人间美味、妙不可言……"

晓星说到这里，竟然失礼地流出了口水。他正尴尬时，忽然发现对面三个人嘴角到下巴处，不约而同出现了一道亮闪闪的"小溪流"，不由得指着他们，哈哈大笑起来。

对面三个人见到晓星大笑，才惊觉过来，尴尬地擦去口水。

这就是中华美食的魅力啊，听听都会流口水。

晓星继续说："做火锅绝对是投资小、见效快。设备投资少，日常菜品损耗小，多为素菜和方便食品；经营管理费用低，不用专职的厨师，用工少。日常经营管理也相对简单。这些特点都正好解决了我们现在本钱不多、人手少的状况。"

　　杨伯眼里露出兴奋的光，等晓星说完，他说："好好好，非常好，谢谢晓星给了这个很好的建议。明天我们再跟大小姐说一声，就马上筹备开办专做火锅的饭馆。"

　　胖姑的脑袋点得像小鸡啄米似的，她完全被晓星说的这种火锅迷住了，要知道她本身也是一个吃货呀！

　　于是大家安排了分工，晓星成为饭馆经理，胖姑和晓晴配合他。杨伯仍是赵家总管，照顾好整个家的事务之外，也会在饭馆帮忙。

　　桐桐听了开饭馆的事，高兴极了，连声说"支持支持支持"。她似乎比所有人都心急，一个劲地问晓星要多少天才能让饭馆开始营业。她还抢着要给饭馆起名字，就叫"好味道饭馆"！

　　大家热火朝天地做着开火锅店的准备工作。

　　首先要在附近找住的房子。也真是幸运，到房子介绍所一问，刚好附近就有一间平房要出租，大家跟着中介人去看过，觉得挺不错，于是就赶紧租了下来。这房子离赵夫人买的房子很近，走路五六分钟就到了，真是最合适不过。

　　住的地方有了，大家就马上把东西都搬了过去，开始把两层的小楼按饭馆的布局装修。首先把厨房扩大了，把

之前家庭用的模式改成了可以多人一起工作的大厨房。

除了杨伯负责督促装修外，其他人也都各自忙碌起来了。晓星画了火锅的图样，找了全城最大的一家打铁铺子，让他们在三天之内造五十个火锅；晓晴负责去家具店订购饭馆用的桌子椅子；胖姑就跑菜市场和杂货店，预订了火锅需用的食材和各种酱料。

而桐桐、柏柏、柳柳和枫枫就在一边小帮忙、大捣乱。

所有人都很忙，但又忙得喜气洋洋的。

第三天的傍晚，打铁铺子的人把五十个火锅送来了，菜市场和杂货店的人也把所需食材、酱料送来了，晓星决定晚上一显身手，做火锅给大家尝尝。

让杨伯和晓晴洗了生菜、菠菜和菜心，让胖姑把猪肉、牛肉、鱼切成片，晓星自己就开始制作火锅汤底。

嫣明苑的大厨曾教给晓星几十种汤底做法。晓星想了想，决定做一道浓香番茄火锅汤底，这汤底酸酸甜甜的，又带一点点辣，老少咸宜。

于是，晓星开始大显身手了，他把大蒜用刀背拍碎切块，把生姜切成薄片，接着又把洋葱、香芹、番茄分别切好。然后洗净铁锅，将切好的蒜、姜、芹菜入锅炒香，再加番茄翻炒，倒入水，用小火慢炖。

"哇,好香啊!"厨房门口不知什么时候挤了很多脑袋,要不是杨伯怕认为厨房有明火对小孩子有危险,把他们死死拉住,那四个小家伙早已冲进去了。

晓星朝他们扮了个鬼脸,又开始精心炮制。这时番茄已经煮烂,晓星又再放上洋葱、盐、料酒,加入调味粉和一点点辣酱,香味越发浓郁,让人忍不住吞口水。盖上盖子再煮一会儿,晓星用一把小勺取些尝味,觉得味道可以,便说:"好了,可以吃了!"

"噢噢噢!"小家伙们一阵欢呼,转身跑回大堂。

晓星把汤底倒进火锅,端着走出了厨房,而那股浓浓的香味,也被他带到了大堂。这时胖姑也把涮火锅用的肉和菜端来了,小家伙们已经乖乖围着桌子坐好,见到晓星出来,所有眼睛都嗖一下盯着那个火锅。

晓星把火锅放平稳,说:"吃火锅最是逍遥自在,想吃什么,只管往锅里扔就是。经过鲜美的汤底一煮,什么食材都会立刻变得美味可口。嗯,应该怎么形容?对,我暂时想到了一个不算太贴切的形容句子:'化腐朽为神奇'。好了,大家可以开动了。"

桐桐和柏柏已迫不及待,用筷子夹起菜呀肉呀,就要往火锅里搁,但被晓星制止了:"小朋友吃火锅要注意安全,

不要靠火锅太近，还有要请哥哥姐姐给你们夹菜。"

"你们都坐好，姐姐帮你们。"晓晴发挥大姐姐本色，让孩子们坐好，自己就拿起筷子把食材逐一夹进锅里，片刻之后又从锅里夹出来，分给四个小朋友。

胖姑见到火锅里的牛肉片已卷了起来，卷起来就表示熟了，她迫不及待夹了一块往嘴里放，但马上烫得跳了起来。

晓星教训胖姑："吃火锅要注意，一要煮熟才能吃，否则会拉肚子的。二要小心烫，夹起来要稍为晾晾才能吃……"

回答晓星的是一片"啧啧啧啧"的咀嚼声。

眼看那些香喷喷的食物在飞快地消失，晓星慌了，赶快加入了抢食的队伍。

第 *9* 章
好味道饭馆

这一天，阳光明媚，万里无云。

这一天，好味道饭馆开张大吉。

上午十一点，临江坊上空便弥漫着一股香味，那种香，是人们以往不曾闻到过的。

路人们抽着鼻子，顺着那股香气前行，来到了那幢两层高的小楼跟前，发现香味就是从这里传出来的。

只见楼下的大门上方，横挂着一块扁扁长长的木牌子，上面写着"好味道饭馆"五个大字。

"咦，这房子以前好像一直没人住的，没想到现在成了饭馆。"

"什么菜这么香？"

"咱们进去试试！"

"好啊好啊，我口水都流出来了。"

人们一开始站在门口好奇地瞧着，但禁不住那诱人的香味，站着站着，双脚就不自觉地动了，走进了饭馆。

杨伯出来迎客，笑眯眯地说："欢迎欢迎，本饭馆今日开张，九五折优惠。"

"还打折？好好好，我们就坐下尝尝。"

很快坐下了五六桌客人。

一个客人问："你们做的是什么菜？这么香。"

杨伯自豪地说："我们做的是火锅。"

"火锅？什么是火锅？"

杨伯指指大堂一角："你们可以看看那边桌子，那些孩子吃的就是火锅。"

大堂的一角，晓晴和赵家四姐弟正围坐在桌子前，桌上有一个奇怪的"锅"，锅身是圆形的，直径约莫30厘米，锅中间还有一个十多厘米高的锥形铁管，锅的底座也是铁制的，也是圆锥形，上窄下阔，里面是空心的，这就是老式的用木炭加热的火锅。桌上还放着十多个盘子，盘子里装着各种肉和菜，还有五六只小碟，装着不同的酱料。

人们发现香气就是从那"锅"里散发出来的，见到晓晴正不时把盘子里的东西放进锅里，又不断从锅里夹出食物，放到四个孩子的小碗里，四张小嘴咂巴咂巴的，吃得津津有味。

"我也要那种火锅！"

"我们也要！"

"给我们来一个！"

赵家姐弟的享受样子，成了最理想的广告，客人们迫不及待地下单。而令他们惊喜的是，东西并不贵。

很快客人们又有了第二个惊喜，就是吃的东西来得快，这边刚下单，那边就把东西端上来了。

客人瞧着孩子们吃火锅的样子，也像他们那样，把食材放进汤里，等一会儿再拿出来，蘸上酱料品尝。只觉得热辣辣、香喷喷，简直好吃得不要不要的。

"好吃，好吃！"叫好之声响遍大堂。

客人们的吃相和叫好声，又给在门外观望的人起了广告作用，不断有人走进饭馆，很快几十张桌子便坐满了人，楼上包厢也都慢慢坐满了。

因为汤底都是已经备好的，食材也是洗好切好的，所以即使客人越来越多，晓星他们还是能应付。

客人来了一拨又一拨，又走了一拨又一拨，终于忙到最后一桌客人离开，已是晚上十点多了。这时候，所有人都累得直不起腰来了。

负责收钱的杨伯忙着结算当天收入，当他数完钱后，兴奋得一拍桌子，大声说："你们猜猜，我们今天的营业额是多少？"

晓晴嚷道："杨伯，别卖关子了，究竟多少？"

杨伯伸出一根手指。

胖姑眨眨眼："一银圆？"

杨伯摇摇头。

晓星有点儿不肯定："难道是……一百银圆？"

杨伯大声说："正是！"

大家都吓了一跳，真有那么多？！

"哈哈哈，真的是一百银圆呢！"杨伯高兴得哈哈大笑，"除去成本，我们大约赚了五十银圆，这回我们一家子不用发愁生活费了。"

除了柳柳枫枫这两个还不懂得为生活发愁的小孩子，包括八岁的柏柏和十岁的桐桐在内的所有人，全都高兴得合不拢嘴。

晓星晓晴两姐弟互相看了看，心里都松了口气。说真的，自从赵副市长出事后，他们都挺担心的，担心这一家子老的小的怎么过活，而他们自己也不知如何在这异时空生存下来。

现在好了，可以慢慢地寻找小岚，慢慢地寻找时空器，等待回现代的机会。

好味道饭馆的美味火锅越来越受欢迎，而晓星他们也不断增加食材种类，不断推出不同口味的火锅。比如食而不腻、味美无穷的海鲜火锅，麻辣醇香、有辣有不辣的鸳鸯火锅，清香爽口、风味独特的苏杭菊花火锅，风味别致、吊人胃口的羊肉火锅……客人起码有七八种选择，全都别具风味、令人垂涎，美味的火锅为人们所津津乐道。

其实，中国火锅分为六大派，共三十多个种类，蕴藏了数百种的菜肴，晓星弄的这些只是冰山一角罢了。

来光顾的客人越来越多，晓星他们几个人渐渐忙不过来，是该考虑请员工的事了。

也真巧，有一天，来了五个人，在饭馆门口东张西望的，想进去又不敢的样子。这时杨伯刚好要出去办事，一出门就让这些人看到了，高兴地喊了起来："杨伯，杨伯！"

　　杨伯一看，觉得很意外："阿金，四猪，你们怎么来了？"

　　原来这些人都是赵府之前的仆人。赵府被抄家，他们被遣散，为了生计，他们又去找工作，可是一直没找到合适的。

　　正在彷徨时，他们无意中听到有人提起新开的一家专做火锅的饭馆，好像就是赵家人开的，就半信半疑地找来了。没想到，还真找到了。

　　见到杨伯，他们好像见到亲人一样，眼泪汪汪的，都说想回来工作。饭馆本来就打算请人，何况这五个人都是知根知底的，里面还有三个是原来在赵府厨房工作的呢，所以杨伯一口答应了。那五个人高兴得哇哇大叫，对着杨伯又是鞠躬又是敬礼，弄得杨伯哭笑不得。

　　"好了好了，要谢，便谢小姐少爷他们吧！他们才是你们的东家呢！"杨伯说完，又问道，"你们的薪酬我和大小姐商量后才能定下来，你们打算什么时候上班？"

　　阿金几个人七嘴八舌道："马上，马上就上班！"

　　"不用给工资，我们本来就是卖到赵家的，像从前一样，管吃管住就行了。"

　　"好，我们现在正缺人手呢，你们就马上上班好了。"杨伯接着说，"工资是一定要给的，老爷说了给你们自由，这话他不会收回的。今后，你们就以受薪伙计的身份在饭馆工作，除包吃包住之外，会再给工钱。"

　　"谢谢，真是太谢谢了！杨伯，请马上带我们去工作！"五个新伙计催着杨伯。

第10章
总统府的大小姐

这一天，天气特别寒冷，晓星在被窝里赖了很久才不得不起床了。因为要早起为午市做好准备呢！自从开了这家饭馆之后，晓星变得有担当多了。

走进厨房，见胖姑带着人已经在准备食材了。胖姑这家伙，除了喜欢自吹自擂、遇事大惊小怪之外，人还是挺不错的，特别是工作认真，从不吝啬力气。

晓星便开始调制汤底，自开张以来，他已经推出了十种不同味道的火锅汤底，大受欢迎。准备妥当后，见到离营业时间还有大半个小时，便叫四猪替他弄个海鲜火锅，打算吃了再开始工作。

　　四猪弄火锅期间，晓星走出大门，站在屋外欣赏雪景。

　　昨夜下了一晚上的雪，大街上银装素裹，每一棵树，每一幢建筑物，每一条道路，都蒙上了厚厚的雪，看上去就像冰雕玉砌的童话世界。

　　晓星在香港长大，香港不会下雪，到了乌莎努尔，下雪的时候也不多，所以对下雪特别感兴趣。当下玩心上来，他便弯下腰，准备堆个小雪人。

　　忽然，砰！

　　不知从哪里飞来一个小雪球，正砸中他的后脑勺。

"谁？"晓星恼怒地一转身，但身后连个人影儿也没有。

"倒霉！"晓星堆雪人的兴致顿时没了，他气哼哼地转身准备回饭馆。

没想到，又是砰的一声，后背又被砸了一下。

"是谁？让小爷找到你，你就后悔出生在这世界上。"晓星气得大喊，东张西望寻找"凶手"。

"是我！"随着清脆悦耳的声音，一棵树后面跳出一个大约十一二岁的红衣小女孩。

小女孩长得挺漂亮的，眼睛又黑又亮，像两颗黑葡萄；嘴巴小小的，脸蛋红红的，穿一身火红的连帽衣服，就像雪地上的小精灵。

晓星喜欢漂亮妹妹，但不喜欢欺负他的漂亮妹妹。正想狠狠地教训这小东西一顿，谁知那小东西比他还狠，清脆的声音说出很野蛮的话："喂，你嚷嚷什么？站好，不要动，我要扔了。"

说完，举起手里的一个小雪球，就向晓星砸去。

晓星一闪，雪球擦着他的耳边飞到后面去了。

"你！"晓星气坏了，"敢情你是要我站着不动给你当活靶子呀？休想！"

小东西一跺脚："谁叫你动了，站好，我再扔，肯定能中！"

岂有此理！晓星刚要教训这不知天高地厚的小女孩，却见到有两名丫鬟模样的年轻女子跑了过来，一见到小女孩，便一副喜极而泣的样子："小姐，小姐，你怎么又跑了出来。总统府的人都在找你呢！"

总统府的小姐？晓星想，莫非这小东西是总统的女儿？

真不知她爹是怎么教育子女的。连子女也教不好，怎么治理整个国家。

"小姐，快回去吧！要是总统夫人知道，会打死我们的。"丫鬟苦苦相劝。

另一个丫鬟附和着："是呀是呀！你上星期不听劝自己跑去河边玩，弄了一身水，回家感冒了。夫人怪罪下来，说我们没照顾好你，打了我们一顿，身上还痛呢！今天刚下完雪路上滑，夫人不让你出来，你又偷偷跑出来了，夫人知道会打我们的。求你了小姐！"

"不回去不回去！"小东西一跺脚，"我一点都不喜欢吃那些早餐，每天一个样，吃得我想吐！"

真是个刁蛮任性的家伙！只因为不喜欢吃那些早餐就离家出走，也不顾丫鬟死活。

晓星看了看表，决定不跟这小东西计较了，转身就朝

店里走去。并非因为她是总统女儿怕了她，而是要回去吃早餐，吃完就差不多到中午饭市时间了。

"啊——"身后一声尖叫，吓得他停住了脚步。

"咻"的一声，有人风一般从身边掠过，原来正是那小东西！见到她站在饭馆门口，用手指着"好味道饭馆"的招牌，两眼放光芒："好味道饭馆，好味道饭馆耶！这不就是传说中火锅好好吃的饭馆吗？"

说完砰砰砰跑进了饭馆，往靠墙的一张桌子旁边一坐，大喊道："来人哪！"

这时晓星走了进去，瞧她一眼："那么大声干什么？这里的人又不是聋子！"

小东西撇撇嘴，说："我想吃火锅。去，马上替我把经理找出来。"

晓星哼了哼，说："不找！"

小东西生气地瞪了晓星一眼，小脑袋一扭，朝里面大喊："经理，经理！快给我出来！"

晓星说："别再鬼叫了，我就是经理。"

小东西十分鄙视地朝晓星嗤了一声："就凭你这小屁孩，能当经理？！"

"四猪！"晓星喊了一声。

"来了！"四猪端着一个火锅走出来，放在桌子上，点着火，而跟在后面端着盘子的阿金，就把盘子里放着的食材还有几碟酱料放到桌上。

"经理，你的火锅。"

晓星朝小东西挑了一下眉毛，得意地说："听见没有？"

小东西嘟着嘴，嘟哝着："骗人骗人，小屁孩当什么经理！"

晓星没理她，径自坐到桌前，把食材放到香气四溢的汤里。海鲜火锅的食材有螃蟹、虾、鱿鱼、蛤蜊，还有新鲜香菇、大白菜、豆腐、粉丝、牛肉。这种火锅以海鲜为主要食材，可以避免多余的调味料和添加剂，保持海鲜原有的风味。

小东西看得眼馋，她抽了抽鼻子，又咽了咽口水。

晓星夹起一片切得薄薄的牛肉片，放在酱汁里蘸蘸，然后放进嘴巴里，咂咂几声，发出一声赞叹："哇，简直太好吃了！"

小东西又咽了咽口水，她指了指桌上的食材，说："那么多你也吃不完，让我吃点儿吧！"

晓星坚决地摇摇头："不行！"

"你！"小东西悲愤地指着晓星，脸上满是控诉。

晓星又把一只烫得又嫩又红的大虾放进嘴里，故意发出响亮的咀嚼声。

"坏蛋，不许发出声音！"小东西快被气哭了。

"啧啧啧……"声音更大了。

小东西扁着嘴，快要哭出来了。

晓星瞅她一眼，说："想吃就为刚才用雪球砸人的事道歉。"

"……"小东西想吃，但不想道歉。大总统的心肝宝贝，字典里没有"道歉"两个字。

"很容易做到的事呀！只要向我鞠个躬，说：'对不起，我错了，我小丫头不懂事，大哥哥请原谅我吧！'只要你说了，我就把火锅给你。看，很好吃的哦！"

小东西倔强地一直不说话，但眼睛里的急切出卖了她。

"我不会向小屁孩道歉的。"小东西说完，把脖子上一条名贵的金项链拿了下来，拎在手里摇呀摇的，"把火锅给我，这金项链归你了。这项链能换很多钱哦。"

那金项链的价值足可以换一百个火锅，但她一点儿不在意。

晓星瞟了金项链一眼，说："我不贪钱，我只要你道歉。"

"哇……"没想到，小东西脚一跺，哭了起来，边哭边嚷嚷，"你欺负人，想吃个火锅也这么难，我还没吃过火锅呢！"

小东西一哭，晓星就慌了："别、别、别哭嘛。唉，算了算了，我给你吃就是！"

"真的！"小东西破涕为笑，马上坐到晓星对面，从桌上的筷子筒里拿出一双筷子，就要夹锅里的东西。

"慢着！"晓星喊了一声。

小东西嘴一扁，哀怨地看着晓星："还是不让我吃吗？"

晓星指指她脸上的眼泪和鼻涕："先擦擦，太恶心了。"

"哦。"小东西听话地拿出手绢把脸擦干净，然后又急忙拿起筷子吃东西。

嗖，一片肉片；嗖，一颗鱼丸；嗖，一块豆腐；嗖，一片羊肉……小东西的小嘴呷巴呷巴的，以惊人的速度进食着，还不时站起来瞄瞄火锅里还有多少食物。

晓星坐到她对面，好奇地盯着她油光光的小嘴，不知道这小东西怎么这样好胃口。

小东西发现自己被人盯着，心里很不满，但盯她的是自己的"米饭班主"，她不敢表示不满，直到把所有食材一扫而空，她才把筷子一扔，气呼呼地说："喂，看够了没有！"

晓星耸耸肩，说："没看够啊。真没见过这么馋的人。

你真没吃过火锅？"

小东西一听便红了眼，委屈地说："没吃过，我娘不让我吃。她说，火锅油腻，会让人吃胖。胖了，就不够淑女了。"

"哦。"晓星有点同情。

小东西继续说："我不止没吃过火锅，很多东西都没吃过，娘每天给我安排食谱，说是营养餐，但全都是品种单调、没滋没味、油星都没一点的食物。嘤嘤嘤，一想起这些我好想死掉！"

小东西悲愤地控诉着。

"可怜啊！"身为吃货的晓星，也为小东西洒上一掬同情泪。

姐姐晓晴之前曾经减肥，晓星亲眼见到她每顿只吃一片不加酱的白面包，一杯苦瓜汁或西芹汁。晓晴吃得眼睛发青，晓星看得脸色发白。

这时，一直站在饭馆门口的两个丫鬟走了进来："小姐，快回去吧，再不回去，我们死定了。"

"你人不怎么样，但火锅的确好吃。我叫丁一，我还会再来的。"小东西说完，把一双小手背在身后，趾高气扬地朝店外走去，又成了之前那个小魔女。

走到丫鬟身边，丁一说了一声："给钱。"

"哦。"丫鬟应着，拿出钱包。

晓星收了钱，朝站在门口满足地摸肚子的丁一说道："回去告诉你娘，你是自己跑出来的，不关丫鬟的事，免得你娘打她们。自己做的事要自己承担的……"

丁一撇撇嘴："关你什么事！"

晓星说："不关我事，但关你事。如果你的丫鬟有事，夜里你会失眠的，那时你摸摸自己良心，有没有被猫叼走了。"

"呸呸呸，我才不会失眠呢！你才失眠，你全家都失眠！"丁一小嘴噼里啪啦的，半点儿不饶人。

第*11*章
不向恶势力低头

饭馆生意兴隆，一大家子总算生活安定，不愁吃穿了。

杨伯还把以前在赵府教少爷小姐们读书的、一名姓王的先生请回来，让他仍在府中执教。听着家里琅琅的读书声，杨伯禁不住热泪盈眶，心里默默念叨：老爷夫人哪，老杨总算没有辜负你们所托，小主子们总算生活安定、衣食无忧。

只是赵恒的事实在令人揪心，打听到的全是不好的消息。

出卖国家机密，那是死罪啊！只是赵恒是被冤枉的，但有谁相信呢？他是被那个证据确凿的主犯指证出来的，而又没有人来证明他的清白，如今真是百口莫辩，只能希望有奇迹发生了。

晓晴和晓星还多了一重心事，那就是小岚和时空器的下落。

没有了时空器，他们永远回不了现代，而没有了小岚，他们即使找到时空器也不能回家，因为无论如何也不可以把好朋友遗弃在这异时空的。他们三个人一起出来，就要三个人一起回去。

可是，在这不知有多广阔的异时空里，他们不知怎样去找寻，能做的只有一件事——等待。两姐弟始终相信，天下事难不倒的马小岚，小福星马小岚，是一定能克服重重困难，找到他们的。时空器，也会在某个时刻，自己跑出来的。

日子在等待中一天天过去。

这天，下午两点左右，正是中午饭市高峰期刚过的时候，晓星从忙碌中喘过气，走出厨房，正想回二楼休息室歇歇。突然听到有人喊："喂，小屁孩，小屁孩。"

超级好听的嗓音，惹人生气的内容，不用问便知道是谁了。晓星扭转身，果然见到丁一双手放背后，趾高气扬地走进了饭馆，两个丫鬟亦步亦趋地跟在她后面。

"给本小姐一个樱桃火锅，上次来吃的那种。要快，小

心砸了你的店哦！"丁一指指晓星，然后大摇大摆地走上二楼包间。

她第二次来饭馆吃火锅时，晓星把她带上了二楼，所以这次她就熟门熟路，自己上去了。

"樱桃火锅？"负责下单的阿金挠了挠头，店里好像没这种火锅呀。

晓星摇摇头，对阿金说："给她写一个菊花火锅。"

丁一上次来吃的就是菊花火锅。菊花火锅盛行于晚清宫廷内，以鲜鱼为主，火锅内兑入鸡汤滚沸，取白菊花瓣洗干净洒入汤内。待菊花清香渗入汤里，再将生肉片、生鸡片等入锅烫熟，蘸汁食用，滋味芬芳扑鼻、别具风味。上次丁一来，吃得连耳朵都在动。

因为随火锅附送的水果拼盘里有樱桃，丁一就把菊花火锅喊成了樱桃火锅。

晓星怕服务员应付不了那个小魔怪，就自己亲自把火锅端上二楼去。

"哇，好香呀！"丁一拿起筷子，开始熟练地把食材往火锅汤底里放。

"慢慢吃。"晓星说完，也没等丁一有什么回应，就转身走出包间。

"嗯，走吧走吧！"丁一的眼睛已经粘在"噗噗噗"沸腾着的火锅里了，看也没看晓星一眼，只是抬手朝他站的方向挥了挥。

晓星也没理她，径自去休息了。休息室在二楼的最后一个房间，是专门留着，给员工歇歇脚，喝口水的。

晓星无聊地躺在房间里那张唯一的小床上。这个国家各方面都挺落后的，大约只是中国明末清初的水平。电视、网络、广播电台统统没有，唯一的娱乐就只有去戏院看戏，或者读读消闲小说。

不过那些所谓的大戏，表演水平怎样不想去评鉴，那些舞台装置和配乐就跟现代天地之差。

布景只是在一块大幕布上手工画上家居布置或者各种场面，哪像现代，有舞台灯光和技术设备所营造出的五彩缤纷的震撼效果。至于乐队，就只是单调的几种乐器，咿咿呀呀闷到令人睡着。

本来看看小说也可以打发时间，但看多了世界名著和种类繁多的现代小说，晓星对这里的所谓畅销书简直不屑一看，自己写的也比它好看十倍。

晓星像一条搁在热锅上煎着的鱼一样，在床上翻来翻去。这时候，突然从楼下大堂传来一阵喧哗。

"我要找你们的负责人。"一个陌生的骄横的声音。

"我就是负责人……之一,你们有什么事?"胖姑的声音。

"嗤,你是负责人?笑话!快叫负责人出来,我们老板有话要跟他说。"一个粗鲁的声音。

不好,有同行来挑衅?!

好味道饭馆好评如潮,生意兴隆,抢了附近食店不少生意。所以杨伯曾经给晓星和胖姑提醒过,小心一些不良店家来闹事。

杨伯今天一早又去找人打听赵恒的案子,不在店里。晓星便匆匆跑下楼,看发生了什么事。

见到一个穿戴华丽的瘦子,后面跟着两个凶神恶煞的跟班,正气势汹汹地跟胖姑等几名员工对峙。

"什么事?我是饭馆的经理。"晓星挡在胖姑等人前面,大声说。

"你是经理?"瘦子一脸不相信,上下打量晓星。

"没错,我就是经理。你们有什么事,吵吵嚷嚷的,看把客人都吓跑了。"晓星不满地说。

瘦子说:"好吧,就当你是经理,我就跟你说吧!我们金珠饭店,决定挑战你们!"

"挑战？"晓星困惑地眨眨眼睛，问道，"挑战什么？"

"废话！饮食行业，当然是挑战厨艺了。"瘦子一脸的鄙视。

晓星心想，你想挑战，我还不想应战呢！小爷偏不理你。

"我们不想参加什么挑战，你们请回吧！"

"哼，你新来的吗？不知道这里的行规吗？如果不敢应战的话，就请你们马上滚出临江坊，滚出京城！"瘦子恶狠狠地说。

"喂，你们还讲不讲道理！"晓星哪儿能接受这种屈辱，不禁大怒。

"不讲道理又怎么样，替我砸！"瘦子话音刚落，两个跟班一人抓起一把椅子，使劲往地上一扔，椅子碎成五六块。

两个跟班接着还想砸别的，从楼上扔下来一只茶杯，哐一声，吓得跟班住了手。

砰砰砰，楼上跑下来一个小女孩，正是丁一。她气呼呼地说："住手，什么人在这里撒野，打扰我品尝美味！"

"你管得着吗？死丫头！"两个跟班根本不把丁一放在眼里，还想继续砸东西。

"停手！"瘦子急忙喝道。

又对丁一说："大小姐，对不起对不起，不知道您在楼上。"

丁一皱着眉头看了看瘦子，说："你是谁？你认识我？"

瘦子一脸的谄媚，哈着腰对丁一说："我是本城美食协会副会长范统，也是金珠饭店的老板，前不久去总统府拜候总统大人时，见过小姐。"

"哦。"丁一下巴微扬，说，"范统，人家开门做生意，你们干吗来捣乱？"

范统说："哦，是这样的。小姐不知道有没有听过，我们京城的饮食行业有个规矩，就是可以相互之间挑战厨艺，输的一方，就要马上关门，从此不得再涉足饮食业。"

丁一想了想，说："好像是有这么一回事。"

"小姐英明！小姐见多识广！"范统马上朝丁一竖起大拇指，大拍马屁，接着说，"其实我今天是来向好味道饭馆挑战的。"

晓星一肚子火，这是什么破规矩啊，挑战也得自愿呀！挑战就一定要接招，输了就要关门，有这么坑人的吗？！

"好啊好啊，比赛好好玩，我最喜欢看热闹了。"丁一眼睛一亮。她心里还满希望晓星输的，她早就想看小屁孩的笑话了。

金珠饭店在本城十分出名，小屁孩肯定一败涂地。难得可以看到小屁孩被虐呀，想想都觉得开心。只是丁一忘记了一件重要的事，饭店倒闭她就吃不到美味的火锅了。

见晓星不吭声，丁一便来了个激将法："喂，小屁孩，怎么成胆小鬼了，不敢应战？"

"谁说不敢！"晓星不知怎么的，头脑一热，脱口而出。

被恶霸欺负，已经很气人了，现在还被一个小丫头鄙视，是可忍，孰不可忍！

哼，比就比，我晓星也要向小岚姐姐学习，做天下事难不倒的晓星！看我过关斩将，让你那个什么"金猪"变死猪。

"比就比，什么时候？什么地方？"晓星气哼哼地说。

"明天下午四点。地点，白马寺前的广场。我们饭店的郑大厨代表我们饭店参赛，你们店……"瘦子看了晓星一眼，又看了胖姑一眼，眼神充满轻视。

晓星拦住了想站出来的胖姑，说："我代表我们饭馆。"

"好啊好啊，真是英雄出少年！我很期待这场比赛，郑大厨会做出他最拿手的菜式的。噢，你们到时不会端个火锅和没熟的材料出来应战吧？"瘦子阴阳怪气地说。

"这个我们自有分寸。你少担心！"晓星不耐烦地说。

"那我们走了。按照规矩，明天上午我和公证人一块来抽签，看做哪一类食物。"范统朝丁一鞠了个躬，"大小姐，再会。"

"嘿嘿嘿，先别走！"丁一嚷道。

"大小姐，什么事？"

"你们砸烂了人家的椅子，不要赔吗？"丁一皱着眉头说。

"啊？"瘦子尴尬地摸摸鼻子，"好，好，好，我赔，我赔。"

他从口袋里拿出一个银圆，放在桌上，看看丁一。丁一摇摇头表示不够，他又再拿出一个银圆，放到桌上。

丁一点点头，瘦子慌忙带着两个跟班走了。

"嘻嘻，两个银圆，买四张椅子也够了。"胖姑跑过去拿起两个银圆，傻笑着说。

丁一得意地朝晓星扬起下巴："小屁孩，快谢谢我吧！"

晓星哼了一声："谢你个头！"

"小屁孩，好心没好报！"丁一耸了耸鼻子，又说，"金珠饭店很厉害的哦，你输了别痛哭流涕啊！哈哈，哈哈，哈哈哈……"

丁一幸灾乐祸地笑着，转身噔噔噔跑上楼，继续吃她的美食去了。

晚上，杨伯回来了。刚刚他又去找了赵恒的一些朋友，打听有关案件会不会有改判的可能，但得到的消息是已经成了铁案，也就是再没有改变的可能。杨伯心里一片冰冷，人也有些恍惚。

听到范统来挑战的事，杨伯心情更糟了，他说："金珠饭店？我知道这家店，老板叫范统，人品不好，有黑社会背景。在行业中经常欺负同行，听说这一带起码有五六家饭馆是被他以比赛为名，被逼关门的。金珠饭店的大厨厨艺了得，还拿过全国美食比赛第三名。我们跟他比赛，没有胜算呀！"

晓星自知厨艺学得很窄，只是自己喜欢吃什么就学什么，所以会做的菜式并不多，要跟真正的大厨比，真的有点勉为其难。

但是，他并不怕。也许是跟小岚相处久了，受了小岚姐姐天不怕地不怕性格的熏陶，所以从不轻易认输，也不肯向恶势力低头。

他对杨伯说："杨伯，您不要长他人志气，灭自己威风好吗？范统要打垮我们，我们就偏要好好的。"

"不是杨伯对你没信心，而是对手太强。"杨伯摇头叹气，"唉，老天怎么就不让我们好好过日子呢！如果饭馆没有了，

真不知怎么办才好。"

胖姑及时跳了出来，她拍拍胸膛："别怕，晓星不行，还有我呢！"

晓星和杨伯嫌弃地："你？"

第 *12* 章
哈哈，运气不错哦

　　比赛当天。上午八点，范统带着一位六十多岁的老先生来到好味道饭馆。除了晓晴带着四个小孩子在家里听先生讲课外，杨伯和晓星、胖姑，还有那些伙计，都在等着。大家都挺担心的，因为这饭馆就是他们生存的依仗，如果没有了，他们就又会面临困境。

　　范统介绍说，这老先生姓陈，是当地一位区议员，是请来做这场比赛的见证人的。今天的抽签，也是由这位老先生来抽。

　　"你们这里的火锅不错啊，我也来吃过几次呢！"陈议员笑嘻嘻地说。

杨伯朝陈议员拱拱手，说："谢谢谢谢！小店能生存，都全靠街坊支持。"

晓星不满地看着陈议员，小声对杨伯说："这陈议员看上去挺慈祥的呀，怎会掺和到这些强人所难的事情中？"

杨伯苦笑说："你不明白。这里的人都把各种竞赛当成一件很时尚的事，饮食业有饮食业比拼，文人有文人间的文章、诗词比拼，演艺界有演艺界的技艺比拼……"

晓星有点想不明白："那所有竞赛都和饮食界一样，输了就要退出行业吗？这太不合理了。比赛的意义在于鼓励进步，你追我赶，力求做到最好。而不是要把其他人打倒，只此一家，不许别人存在啊！"

杨伯无奈地说："别的竞赛不会这样你死我活的，只有饮食界，由像范统这样的卑鄙小人把持着才会这样。"

晓星气愤地说："哼，多行不义必自毙，他不会一直这样好运气的。"

这时跟着陈议员来的一个年轻人走过来，把手里一个方方的箱子放到桌子上，箱子上面写着"抽签箱"三个字。

陈议员说："你们双方都来验验，看看有没有问题。"

范统首先上前，把箱子打开，从里面拿出四个一样大小的小圆球，小圆球上面分别写着"菜""饭""点心""炖品"，也就是说，抽到哪个小球，就按小球上写的范围比赛。范统看看箱子没问题，小球也没问题，便点点头。

轮到晓星检查，他看了看四个小球，心想千万别抽到炒菜和炖品，这两类是自己的短板，学过的几个菜式，都只是一般水平，无法跟人家大厨比拼的。

年轻人看晓星也点了头，便把四个小球都放回箱子里，使劲摇了摇，然后放回桌上，对陈议员说："可以抽了。"

陈议员拍拍手，表示手里没有夹带，然后把手伸进箱子里。他捞了捞，抽出一个小球。

晓星心里暗暗念叨："小岚姐姐啊，请把你的小福星运气借给我一点点吧！"

陈议员的手一翻，亮出小球上的字——炒饭。

"噢——"晓星几乎要仰天大笑，哈哈，自己运气太好了！

要知道，晓星从嫣明苑大厨那里成功学到手的绝技之一，就是蛋—炒—饭！他炒的饭，连嘴刁的小岚和晓晴都赞不绝口。

自作孽，不可活。范统，真是天都要你亡啊！

晓星得意地瞅瞅范统，却发现范统也喜上眉梢，咦，难道金珠饭店的那位大厨也擅长炒饭？

又瞧瞧杨伯脸色，很不好呢。

听得陈议员说："范老弟，你很占便宜啊！记得你的饭馆就有一道拿手的至尊炒饭。"

范统得意扬扬地说："呵呵，我运气好啊！"

陈议员有事先离开了，范统很得意地对晓星说："小朋友，下午四点，白马寺广场，不见不散哦！"

范统似乎对自己获胜胸有成竹，大笑着走了。

晓星问杨伯："金珠饭店那道至尊炒饭，真的那么美味吗？"

杨伯点点头："是的，听说是用了三十八种食材做成。虽然每碟卖二十银圆，很贵，但还是有不少人去尝。"

二十银圆！按这时的币值，一银圆可以买七斤猪肉。那二十银圆可以买一百四十斤猪肉了。买一百四十斤猪肉的钱才可以吃他一碟炒饭，这分明是抢钱呀！

那碟饭是用金子炒的吗？！

事到如今，晓星反而不再忐忑了。不是有句话："简单就是美"吗？你用三十八种食材炒的饭，我用几种就可以了，而且味道绝不比你差！哼，我们嫣明苑郑大厨的独门秘籍蛋炒饭，可是曾经征服了现代无数吃货的胃呀，我就不信征服不了这个异时空国家的吃货们。

晓星拍拍胸口说："杨伯，您放心吧。天下事难不倒马小岚，噢，不是，天下事难不倒周晓星。不就是炒饭嘛，我会！你们擦亮眼睛，等着看我大展身手好了。好味道饭馆不会关门的！"

哗啦啦——晓星的话引来掌声一片。一直提心吊胆的饭店伙计们，听了晓星这句话，都稍稍放了心。

"晓星，今天下午，我们就不做生意了，我们全体去白马寺广场看你大战金珠饭店！"杨伯被晓星的信心感染，也收拾郁闷的心情，大声说道。

胖姑用她的大胖手一拍晓星肩膀，说："好，要是你赢了，我就收你当徒弟。"

"哎哟！"胖姑没控制好自己的大手劲，竟把晓星拍得一下子坐到地上。

"噢，对不起对不起！"胖姑嘴里说对不起，但脸上笑嘻嘻的，根本没有一点歉意，她一边把晓星扶起来，一边说，"小屁孩，拍一下能当我徒弟，你赚到了。"

"哼，谁稀罕！"晓星气不打一处来。

"对不起，最多等会儿比赛我跟你一块出战，咱们双剑合璧，一定很厉害。"胖姑说。

"不必了，你一边玩儿去。"晓星气哼哼的。

"胖姑，别闹了。"杨伯又好气又好笑，他替晓星拍着身上的灰尘，又说，"晓星，你需要什么食材，我替你准备。"

"不用。要用的食材厨房里大部分都有，我自己挑就行。缺的只有一样，等会儿我自己去买。"晓星回答着杨伯的话，又狠狠地瞪了胖姑一眼，然后走进了厨房。

因为煮饭费时间，所以这场比赛规定，可以事先煮好米饭，到时作为材料带去比赛现场。米饭是做炒饭的关键材料，赵家正在吃的米软糯松散，正适合做蛋炒饭。

晓星拿了五斤米洗好放在炉子上，又叫来四猪生火，然后好好守着，别煮煳了。然后他就出门了。

晓星去的是鱼市场。鱼市场就在码头边上，有些渔民打鱼回来，会马上在这里把鱼售卖。晓星绕过了讲价的买家卖家，以及一堆堆一桶桶的鲜鱼，走进了一间专卖干货的店铺："老板，有鱼子酱卖吗？"

老板一听忙说："有有有，要红的黑的？"

鱼子酱有红色和黑色的，晓星想了想，黑色看上去卖相不好，便说："红色的。"

老板从货架上拿下一个小盒子，说："建议你买这种。新鲜，颗粒大，保证好吃。"

晓星在乌莎努尔时，经常把鱼子酱涂在饼干上吃，所以好坏他一眼便知。打开老板递来的盒子，只见里面一颗颗鱼子酱晶莹剔透、个头饱满，十分漂亮。

"嗯，不错！多少钱？"晓星问道。

老板笑着说："见小公子这么有眼光，算你便宜点。两个银圆吧！"

晓星也没讲价，马上从口袋里掏出钱，数了两个，交给老板。

老板开心地接过，说："谢谢小公子，慢走。"

老板拿着钱心里乐滋滋的。因为鱼子酱总有一股腥味，所以喜欢吃的人不多，老板也只拿了几盒放着，没想到还真有人来买。

进货价一个银圆，老板一转手就卖了两个银圆，不乐才怪呢！

晓星心里也乐滋滋的。他乐，是因为这里的鱼子酱太便宜了，简直是物美价廉啊。要知道在他原来那个时空，一小勺这样的鱼子酱，就要成千上万块钱。他乐，还因为知道如何去除鱼子酱的腥味，知道如何让鱼子酱子变得更加鲜美，知道一个炒饭有了鱼子酱会变得怎样的美味。

晓星好像已经看到胜利的天秤偏到自己这边了。

回到饭馆，晓星用葱姜和料酒还有柠檬，把鱼子酱处

理了一下，再闻闻，哈哈，腥味没有了！他小心翼翼地把鱼子酱放进一个新的盒子里。

　　回到饭馆，米饭已经煮好，晓星把饭舀出来，慢慢地晃散，让米粒分开，然后放在一边让它冷却。这样下午做炒饭时，饭才不会粘成一团一团的。

第 *13* 章
哎呀哎呀流口水啦

午市过后，好味道饭馆就关门了，杨伯拿了张白纸，用毛笔写上"东主有事，下午暂停营业"，贴在大门口。

白马寺离这里不远，走路也就十来分钟。杨伯借来了一辆小手推车，把比赛要用的食材和调味料等放上去，让阿金和四猪轮流推去比赛地点。

一行人正要出发，见到晓晴领着四个少爷小姐走来了。四个孩子手里都挥着彩色纸做的小旗子，旗子上面用毛笔写着"晓星哥哥加油"六个字。

桐桐对杨伯说："杨伯，我们也要去看比赛！我们去给晓星哥哥加油。"

　　杨伯迟疑了一下，说："不行啊，下午先生要来上课呢！"

　　桐桐得意地说："我上午已经跟先生说了，下午放他半天假。"

　　杨伯无可奈何地说："那好吧！以后不许随便请假，要不……"

　　杨伯本来想说"要不老爷知道会生气的"，但又怕勾起孩子们的伤心事，只好把话吞进了肚子里。

　　大家兴冲冲地向白马寺广场走去。

　　晓星来到大食人共和国之后，还没有来得及到处玩玩，他还是第一次来到白马寺广场。白马寺广场就在著名景点白马寺的旁边。说起来，中国也有一座白马寺，位于河南省洛阳市老城以东十二公里处，已有一千九百多年的历史。晓星读小学时，爸爸妈妈曾经带他们姐弟俩去过那里旅游。

　　远远望到白马寺，晓星就十分吃惊，他看看晓晴，晓晴也是一脸的讶异。因为，这白马寺和他们在现代时见过的白马寺太像了。也是高大巍峨，也是有三个门洞，大门两边竟也有一只石做的白马，唯一不像的，就是现代的白马寺外墙是橙红色的，而这里的白马寺外墙是白色的。

　　白马寺广场是一个足球场般大的空地，今天的厨艺比赛就在这里举行。

只见空地上放了应是给评判坐的几十张椅子，椅子前面用白粉画线划成两个比赛区域，那是给比赛双方使用的。

范统和金珠饭店比赛团队已经到了，正在左边的区域摆放带来的各种食材及调味品，大大小小的篮子、盒子、瓶子，还有各种装调味品的瓶瓶罐罐，把八米长的案桌摆得满满的。

他们的厨师阵营很庞大，除了身穿特制白制服、头戴高帽的郑大厨，还有十名穿普通白制服的帮厨。反观好味道火锅店这边，带来的东西一个小手推车就能装得下，还不到对手的十分之一。而厨师就只有晓星一个，连助手也没有。

光从气势上看，晓星这边已经输了九条街了。杨伯等人心里都在忐忑，心想，自家还有胜算吗？

"呵呵呵，天才小神厨来了！"范统脸上带着邪笑，摇摇晃晃地走了过来，"哇，你们还真是气定神闲呀，踩着比赛时间点才到。我猜猜原因！一般这样做的，不外乎两种情况：一是心中笃定，认为不需要时间准备也肯定能赢，所以不怕姗姗来迟；另一种是破罐子破摔，反正早来迟来都是输，干脆磨磨蹭蹭的不着急。不知小神厨是哪一种？"

一番话把好味道饭馆所有人气得呀，真想揍他一顿。

晓星却无所谓的样子，对范统说："这位范统先生，我们正是属于你说的第一种，反正早来迟来都是赢，不着急。不知我的回答让你满意不？"

"呃！"范统被晓星噎得没话说，装模作样瞧了瞧晓星带来的简单食材和调味品，嘴里啧啧啧几声，说，"我说你们不是穷成这样吧，就带那么一点点东西来。早说嘛，我借点钱给你们。"

"嗤！"晓星不屑地说，"范统先生，不是钱多东西多就一定能做出美味佳肴的，你就擦亮眼睛，看我们大显神通吧！"

"嘻嘻嘻……"桐桐捅了捅柏柏，两个人挤眉弄眼的，"饭桶先生？大饭桶！哈哈哈哈……"

"哈哈哈哈……"好味道饭馆众人都笑了起来，胖姑则笑得直用胖脚跺地。

"你们……哼，笑吧笑吧，等会儿输了，有你们哭的！"范统气哼哼地扭头走了。

这时，评委们都到了，而周围也站了很多观众，都是来看两家饭馆比赛的。

陈议员也是评委之一，他为人挺亲和的，特地走到好味道饭馆这边为晓星打气，还把坐在评判席里的评判给他做了介绍。主评委的白胡子伯伯，是本城一位有名的绅士，其他评委有本地名人、乡绅和饮食界人士。

陈议员这时指着一个矮个子说："这位是大总统的千金……"

晓星一愣，才发现评委席中那个矮个子。

"你来干什么？"晓星等陈议员返回座位之后，走到丁一面前，瞪她一眼，说。

"来看看你输掉比赛的倒霉样子呢，到时别哭鼻子哦！"丁一呲着小白牙笑得很欠揍。

"乌、鸦、嘴！"晓星气得牙痒痒的。

这小丫头，太坏了。

"我偏要赢，气死你！"晓星鼻孔朝天，使劲哼了一声。

这时，主持比赛的陈议员大声宣布："比赛快要开始了，参赛团队各就各位。"

晓星回到自己的比赛场地站好。

陈议员又说："比赛时间四十分钟，时间一到未完成的就算输，所以请双方抓紧时间。另外，为了保持神秘感，做菜全过程会用布帘围着……"

陈议员宣布完毕，就有人分别走去两个比赛区，嗖地拉上了布帘，遮住了做菜的地方。

"晓星哥哥加油！晓星哥哥加油！"四个孩子整齐地喊了起来。

布帘里晓星大声答道："谢谢支持！"

"晓星哥哥最棒！晓星哥哥最棒！"孩子们喊得更起劲了。

评委和围观的百姓都笑着看向这几个可爱的孩子。只有范统一脸不高兴，他跟身边两个打手模样的大汉耳语了几句，两名大汉便也粗声粗气喊了起来："金珠饭店最棒，金珠饭店最强……"

声音像牛吼，又像鸭子叫，简直是对耳朵的污染，所有人的目光都嗖地看了过去，狠狠地盯着那两个大汉。那两个大汉声音越来越小，终于不敢再吭声了。

这时右边区域布帘里传出晓星轻快的歌声："小厨师，来呀来，一起来下厨。大家想吃什么菜呀，快来说一说。切一切煮一煮，炒一炒炸一炸，哎呀哎呀好香呀！哎呀哎呀流口水啦！切一切煮一煮，炒一炒炸一炸，哎呀哎呀好香呀！哎呀哎呀流口水啦！……"

赵府四个孩子显然也会唱这首歌，所以也跟着唱起来了："小厨师，来呀来，一起来下厨。大家想吃什么菜呀，快来说一说。切一切煮一煮，炒一炒炸一炸，哎呀哎呀好香呀！哎呀哎呀流口水啦！切一切煮一煮，炒一炒炸一炸，哎呀哎呀好香呀！哎呀哎呀流口水啦！……"

歌曲活泼轻快、歌词又很有趣，其他人都听得很开心。忽然最小的枫枫惊喜地喊了起来："厨师熊！"

大家一看，原来好味道饭馆区域的布帘上方，出现了一只布做的小熊，小熊戴着厨师帽、穿着白围裙，咧着嘴傻笑，两只前足还在一动一动地合着《小厨师歌》的拍子在跳舞。

跳着跳着，晓星又露出脑袋，朝人们扮鬼脸，把大家弄得哈哈大笑。

唯有杨伯急得直跳脚。这段日子他带着一帮没长大的大小孩子，真是操碎了心。这次比赛，以晓星一个半大孩子去应对金珠饭店的大厨，他本来就信心不足，这时见到晓星不是好好地抓紧时间做菜，只顾古灵精怪的瞎闹，急死了，指着晓星喊："干吗还不去做准备，臭小子！"

晓星朝杨伯吐了吐舌头，和厨师熊一起从布帘上面消失了。

之后布帘后面又静得异常诡秘，没有一点儿声响。这是美食比赛啊，多少传出一点切东西的声音，或者炒东西声音好不好！

杨伯实在忍不住了，跑过去揭开布帘，往里面一看，

不禁愣了，没看错吧，晓星那小子竟然躺在长案桌上睡觉！

杨伯揉揉眼睛，确实没看错，他心里那个气呀，腾腾地直往外冒。这小子太欠揍了，这可是生死关头呀，输了就得把饭馆关闭了，不可以再挣钱了，府中大大小小十几口人吃什么呀？！

"臭小子！你、你、你……"一向好脾气的杨伯用手指着晓星，手直发抖，一口气上不来，好像快要昏倒的样子。

"杨伯，杨伯，别生气，别生气！"晓星一骨碌从案桌上爬起来，跳下地，扶住老人家。

"你怎么可以把比赛当儿戏！"杨伯真想打人。

"哎呀杨伯，您老人家干吗发这么大的火，火大伤身呀！"晓星把杨伯推出去，一边说，"我马上做，马上做！您老人家别在这里碍手碍脚的。"

杨伯气呼呼走出去，说："就剩下三十分钟了，那臭小子竟然在睡觉。"

大家都吓了一大跳："啊！"

晓晴知道自己弟弟向来古灵精怪，但还不至于在大事上胡闹,便安慰说："大家别急，我弟弟虽然平时调皮捣蛋的，但是责任心挺强的。我想他之所以不慌不忙是因为心里有数，大家耐心点，等着他的拿手好菜出场吧！"

第 *14* 章
金包银皇帝炒饭

　　真是"知弟莫若姐"呀！晓晴说对了，其实晓星真不是胡闹，真不是不把比赛放在心里，而是因为他只需半小时就已经足够了。又不能先弄好放着，炒饭热腾腾、香喷喷端出去，才好吃呀！

　　"好啦，时间也差不多了，那风流倜傥、玉树临风的晓星我，就开始大显身手吧！"晓星边哼着小厨师歌，边开始做他的美味炒饭了。

　　晓星按四两米饭一颗蛋黄的比例选取鸡蛋，又把蛋清分离出去，将蛋黄打散备用。又把香葱切成小段，然后就挽起袖子，准备炮制金包银皇帝炒饭了。

　　首先是润锅，这一项是做金包银炒饭的关键之处。许多人在炒饭时候会出现米饭粘锅的现象，主要的原因就是出在油温身上，润锅的作用是让油和锅能充分融合，把油倒入铁锅，开启小火，然后转动铁锅，让油将铁锅涂抹均匀，这样就可以避免米饭的粘连。

　　油温升高，晓星倒入之前在家煮好的米饭，在锅里炒散，然后就进入"金包银"的过程——把打散的蛋黄，均匀地倒在米饭上，快速翻炒让蛋液涂抹在每一粒米饭上面，让米饭都变成金色。最后将食盐、调味粉、白胡椒、青葱倒入锅中猛炒，当青葱炒出香味时，一锅色香味俱全的金包银皇帝炒饭就圆满成功了。

　　馋嘴的晓星哪肯放过，拿了只小碗，把炒饭装了一点，用筷子扒呀扒，吃起来了。一边吃一边给自己竖大拇指，真棒，真棒！

　　三口两口吃完，没忘了擦擦嘴巴，不可以让人知道自己偷吃了。然后把炒饭装在一个白色的盘子里，用锅铲细心拍成圆圆的扁扁的像个生日蛋糕形状，又把早就准备好的晶莹透亮、颗粒饱满的橙红色鱼子酱，撒在金黄金黄的蛋炒饭上面。哇，看上去简直让人惊叹，别那么漂亮好不好！

　　晓星看看时间，还没到比赛规定的结束时间呢！他把盘子放在一个托盘里，一手托着盘子，一手撩起布帘，走了出去。

晓星在里面炒饭时，外面的人已嗅到一阵阵香味，见到晓星托着盘子出来，马上人声鼎沸：

"哇，做好了做好了，还没到时间呢！"

"真香！好想吃。"

而好味道饭馆的人就十分激动，四个小孩子大喊：

"晓星哥哥好厉害！"

"晓星哥哥棒棒哒！"

陈议员见到晓星出来，吩咐一名工作人员去接过晓星手中的盘子。工作人员先托着炒饭在评委前走了一遍，让他们看看，感受一下炒饭的卖相。评委都频频点头，不错啊，别看材料简单，但看上去卖相不错。

然后，工作人员把饭盛到一个个小碗里，又把小碗送到每个评委面前。

评委们马上都被惊艳到了：只见米饭粒粒分开，每粒饭都粘着蛋液，将一勺饭送入口中，牙齿咬破金色的外壳之后，剩下的就是米饭的软糯，妙不可言。米饭上的鱼子酱先用牙齿轻轻咬破，耳中听到"噗、噗、噗"的声音，再用舌头仔细品味，甘甜鲜美，美不胜收。吃一勺炒饭，

就连呼吸也带出极致的香气。

评委们这边半眯着眼睛品尝美味，那边没有资格品尝的观众只好一个劲儿地吞口水。

陈议员也是评委之一，品尝完炒饭之后，拍案叫绝："好好好，晓星小神厨，不知道这炒饭有没有名字？"

晓星眉开眼笑，答道："有的，叫金包银皇帝炒饭。"

有个白胡子老伯伯不住点头："不错，真的不错！名字也起得很好，金包银，名副其实，金包银皇帝炒饭，真是皇帝般的享受啊！"

一个中年人竖起大拇指："每粒饭都包着蛋液，这是怎么炒出来的，好厉害啊！"

有个打扮得很漂亮的阿姨，吃完后一直在惊讶地回味："这鱼子酱怎么这样好吃？以前吃过的都有股腥味，很难吃的。"

好味道饭馆一帮人听了这些好评，都高兴得合不拢嘴。晓星不住地朝他们做鬼脸。

小吃货丁一吃得不住地舔嘴，吃完还不停地问工作人员："还有吗？"

直到工作人员把空盘子给她看，她才死心了。

范统属于没饭吃的那类，吃不上的葡萄当然是酸的了，

这时他躲在一边嘀咕："一个小屁孩做的炒饭，真有那么好吃吗？哼，先让你风光一阵子，等我的至尊宝炒饭出锅，你就躲一边哭了。"

这时，金珠饭店的炒饭由郑大厨端出来了！

未吃到先见到外貌，只见琳琅满目、五光十色，赤橙黄绿青蓝紫，简直令人眼花缭乱。

当然了，用了三十八种材料呀，必定是多色多彩了。

郑大厨宣布说，这道炒饭的名字叫"至尊宝炒饭"。

闻起来还是很香的，吃起来，可能有点费劲吧！

晓星有点恶趣味地想，林林总总这么多的材料，不知那几位牙口不好的老人家吃不吃得了。

果然！

白胡子老伯伯评委舀了一勺饭放进嘴里，咀嚼了两下，眉头就皱起来了，好不容易咽下去，就把碗放回桌上，不想吃了。

其他还没老到掉牙的评委倒是吃得很开心，边吃边点头。

看到范统一脸得意的样子，好味道饭馆这边的人，又开始不安了。

晓晴拉住晓星，问道："看上去，那至尊宝炒饭挺美味的呢，会不会让他们赢了？"

晓星却一脸的笃定："少担心，他们赢不了！"

这时，评委们都吃得差不多了，许多人意犹未尽地放下碗，相互点头表示满意。

"不错不错。"这回首先表态的不是陈议员了，而是一个三四十岁的绅士，"这至尊宝炒饭果然名副其实，是炒饭中的至尊。炒饭材料丰富、味道超好，简直是人间极品！"

陈议员也点头表示同意，他说："果然是大师级的作品，味道真的很不错。"

一些评委也跟着点头，连那小魔女丁一，也边擦嘴边说好。

晓星见了，心里也不禁打起鼓来。

"至尊宝"好像评价不错啊！虽然刚才他们对自己的"皇帝炒饭"评价也很好，但万一喜欢"至尊宝"的人多一点呢？即使是只多一个，也足以让好味道饭馆落败了。

小岚姐姐，快给我力量吧！

杨伯等人更担心了。胖姑紧张得死死抓住自己一撮头发，那手劲让人担心她很快就会变成秃子了。

只有四个小孩子仍然充满信心，他们还在不停地挥动小旗子，眼睛亮亮的，小嘴弯弯的，开心地等着宣布晓星

哥哥胜利的那一刻。

比赛进入投票阶段了，一众评委开始写选票了。选票上写着金珠饭店和好味道饭馆两个饭店的名字，名字旁边有个空的方格子，评委们喜欢哪一方的炒饭，便在哪一方的方格里打钩。

这时双方的支持者都在大声叫喊。

"金珠金珠不会输！"

"好味道好味道最最好！"

"金珠必胜！"

"好味道一定赢！"

这时工作人员拿着一个小木箱过来收选票了，评委们一个个把手里的选票投入箱中。

十九位评委，全部把票投进小木箱里。究竟哪一家饭店要关闭，马上就要揭晓了。

在陈议员的监督下，开始唱票了。

"金珠饭店，一票！"

"好味道饭馆，一票！"

"金珠饭店一票！"

"好味道饭馆一票！"

双方的票数咬得很紧，几乎是每方一票每方一票地往上递增着。

一会儿，金珠饭店的票超过好味道饭馆了，但接下来，好味道饭馆又超越金珠饭店。直到双方都拿了八票时，气氛变得更紧张了，余下三张票，究竟花落谁家？

工作人员继续唱票："好味道饭馆，一票！"

哇，太刺激了，如果下一张票还是给好味道的话，那这场比赛的赢家就是好味道饭馆了。

工作人员继续唱票："好味道饭馆，一票！"

哄的一声，全场沸腾了，好味道已有十票，即使剩下的一票是金珠的，那也是好味道赢了。

工作人员唱了最后一票："第十九张选票，是属于……好味道饭馆！"

"哇！"全场发出热烈掌声。

"我们赢了！"好味道饭馆一众人等高兴得欢呼起来。

胖姑兴奋起来想找人抱抱，但大家都逃开了。站在一边只顾傻笑做胜利手势的晓星猝不及防，被胖姑抱住了，小身板落到大胖姑娘手里，全身骨头被压得咯咯响，晓星吓得大叫救命。

幸好这时主持人宣布好味道饭馆获胜，让大厨上台接受欢呼，晓星才免去被胖姑压成肉酱的厄运。

活动了一下酸痛的筋骨，晓星又恢复了他自认为的"英俊潇洒"模样，蹬蹬蹬跑到台上，呲着大白牙，做了一个胜利手势："耶！"

主持的陈议员拍拍他的肩膀说："真是英雄出少年啊！这么年少，却做出如此美味的佳肴。可喜可贺！"

晓星笑得见牙不见眼。

陈议员问道："晓星小友，想问问你，这道金包银皇帝炒饭是哪位大厨教你的？可以请他加入我们美食协会吗？"

"是……"晓星刚要说是乌莎努尔的大厨，但一想这里是异时空，没有乌莎努尔的，便说："是我自创的。"

"小友真厉害！"评判席里的白胡子老伯伯说，"请问你设计这道炒饭时，心里有没有什么目标？"

晓星说："当然有。第一，我希望这道炒饭要有营养，能对人的身体有好处；第二是卖相好，看上去赏心悦目，能引起人的食欲；第三是老少咸宜，小孩子牙没长齐，老年人牙齿不好，所以我尽量做到食物入口软糯；第四是简单易做、花钱不多。这样才能让更多人享受到这种美食。这一大锅炒饭花了不到五个银圆，至于制作时间，如果不算煲饭的时间，连打蛋、切葱、炒制只用了十多分钟。"

"哇，十多分钟就能做出这样的美味！"评判和围观群众都惊讶地议论着。

"你做得很好。做一道食物，能考虑到方方面面，非常好！"白胡子老伯伯笑着点头，他又问坐在一边生闷气的范统，"范先生，你们那道至尊宝炒饭用了多少钱？"

范统猝不及防被问及，脱口而出："八十个银圆。"

"哇！"人们又沸腾起来了。

五个银圆和八十个银圆，简直天地之差。何况人家五个银圆做出来的食物，还优胜于你们八十个银圆做出来的。简直高下立见！

陈议员宣布这场比试以好味道饭馆获胜，按比赛协定，金珠饭店即日起关闭。

范统以损人开始，害己告终。

第 15 章
异时空的第一块比萨

晓星和金珠饭店对决，大获全胜，好味道饭馆更出名了。

应客人要求，自此之后除了经营火锅之外，还增加了金包银皇帝炒饭。这下子，来光顾的人就更多了。店里常常座无虚席，店外还经常排起长长的等位的队伍。客人除了要一个风味火锅之外，往往再点一盘美味的炒饭，人人都赞不绝口，认为物超所值。

这天下午，正是午饭高峰时间，仗着自己是大厨常常偷懒的晓星，也咋咋呼呼地在厨房忙碌着。

"晓星，你出来一下！"杨伯走了进来，朝晓星招招手。

"来了！"晓星擦擦手，跟着杨伯走出了厨房。

杨伯脸色有点儿难看，像是遇到了什么难办的事。

"杨伯，怎么啦？"晓星很奇怪，问道。

杨伯说："我刚才去菜市场的张记肉档那里拿预订的猪肉和牛肉，没想到张记老板说，肉让范统的饭店全部买走了，还把订金退给了我。"

"范统的饭店？不是关闭了吗？他们没有遵守比赛规则？"晓星很奇怪。

杨伯说："范统一共开了五家饭店，金珠饭店关了，还有另外四家。"

"哦。"晓星明白了，"一定是那大饭桶有意刁难我们，让我们无法营业。那我们去别的地方买好了，京城又不是只有张记肉档。"

杨伯气愤地说："我想他是有意封杀我们的，我一连去了四五家卖肉的摊档，他们都以这样或那样的理由拒绝卖肉给我们。看来，这是范统在搞鬼。"

晓星气呼呼的："这大饭桶，真是可恶！"

"谁在背后中伤别人啊！这样做很不礼貌哦小朋友。"一个阴阳怪气的声音。

晓星一看，正是那大饭桶来了。

杨伯气愤地说："范先生，我们没有中伤你，的确是你

做得不地道。为什么不让那些肉档供货给我们？"

范统嘿嘿冷笑："不为什么，我就是想让你们倒闭。现在全城的肉档我都打了招呼，不让他们卖肉给你们。你们没有肉，怎么做火锅？哦，也可以做素火锅的，不过，你们得把店名改成'没味道素饭馆'，哈哈，会有和尚来光顾的……"

晓星大怒："这世界是有正义的，我就不信所有肉档老板都听你指挥！"

范统奸笑着："哼哼，你不知道吗？我除了开饭店，还有其他很多生意，全城唯一的屠宰场就是我开的。那些肉档全都是上我那里拿货，你说那些肉档老板会不会听我的话？不听话的，我就不给他们供货了……"

"坏人，滚！"晓星抬脚就想踢那坏蛋，吓得范统狼狈逃走了。

晓星还想追出去，被杨伯拉住了："晓星，别冲动，打人是犯法的。为了这种烂人坐牢，不值得！"

晓星气呼呼的："不做火锅，我们就光做炒饭。反正现在炒饭这么受欢迎。"

杨伯摇摇头，脸上很愁："光做炒饭太单调了，不能长久留住食客。"

"我就不信，没了肉就开不成店！总有办法的。天下事难不倒周晓星！"晓星挠挠头，苦苦思考，突然，他一拍大腿，说，"啊，有办法了！"

杨伯一听，忙问："什么办法，快说！"

晓星喜上眉梢，说："我们可以做比萨卖。"

"比萨？什么是比萨？"杨伯一脸的问号。

"比萨嘛，是一种饼，好吃的饼。"晓星眉飞色舞地解释着，想到自己将会是这异时空第一个做比萨的人，他真想仰天大笑一番。

"一种饼？"杨伯眨眨眼睛，心想，这饼的名字好怪啊！

"是的，一种饼。一种跟传统习惯很不同的饼。它的馅儿不像传统的饼那样夹在饼的中间，而是放在饼的上面。味道嘛，贼好吃！"晓星想起自己那个时空的纽约式比萨、芝加哥式比萨、加利福尼亚式比萨、烤盘比萨、薄脆型比萨、厚型比萨，不同做法不同风味的，简直全都好吃得不要不要的。

"好，那我们就做这比萨！"杨伯见识了晓星的火锅和金包银皇帝炒饭之后，已经再不会怀疑他的主张了，所以马上选择支持他。

晓星说干就干："杨伯，你马上去买二十个平底锅，就

是红太狼用来追打灰太狼的那种。"

"啊？"杨伯听得莫名其妙，"红太狼追打灰太狼的那种？不明白！"

晓星挠挠头，忘了这里没有动画片《喜洋洋与灰太狼》看："噢，反正是平底的那种锅。"

晓星又详细列了所需食材，让杨伯去购买。

幸好做比萨所需的材料，这个异时空都有。这时晓星很庆幸没有穿越到更古老的年代，否则如果芝士、番茄酱等东西没有的话，他就真是"难为无米之炊"了。

杨伯虽然已是六十岁的人了，但做事绝对麻利，他带着一个小伙计出去采购，两个小时后就满载而归了。

当晚打烊时，饭馆里储存的新鲜肉已全部用光。晓星请杨伯写了一份告示，说是因为饭馆打算后天推出新食物"超级无敌比萨饼"，所以明天休息一天，请客人后天务必光临。

贴在门口的告示，很快引起行人围观，大家都对即将推出的这种有着怪名字的什么"超级无敌比萨饼"充满期待，许多人相约到时来品尝。

第二天，晓星开始开班授徒了。一大早，大家就按着晓星吩咐，各自忙着。

　　有的人在切番茄、青椒、洋葱、红肠、芝士等，有的人在把面粉、发酵粉拌好后，在里面加鸡蛋，加盐，然后用温水和好面，让它发酵。

　　等一切准备好后，晓星拿起一只平底锅，说："我现在开始制作比萨饼了。胖姑，还有阿金、四猪、大胜，你们都要仔细看着，不懂就问，但一定要学会，因为明天你们就要开始做饼了。"

　　晓星喜欢吃比萨，刚好嫣明苑的大厨会做，晓星就跟他学会了。没想到今天能派上用场。

　　晓星首先把青椒、洋葱入锅炒香，盛起备用，又把洋葱末和番茄末炒香，加生抽和砂糖，加点儿番茄酱、水，收汁盛起，做成比萨酱。

　　接着，把发酵后的面团取一小块，擀成厚薄适中的面饼，在面饼两面都用叉子戳满洞洞。

　　然后倒油入平底锅，等油热后，就把面饼放了进去，用小火把两面都煎到微黄。

　　"噢，这时候可以在面饼上涂比萨酱了。涂好后，再均匀地放上红肠，再放蔬菜，最后把切碎了的芝士放到蔬菜上面。嗯，好了，咱们盖上锅盖，用小火焖。"晓星又提醒说，"记得要时不时晃一下锅哦，不然会烤焦的。"

看的人都不住点头，晓星隔着玻璃锅盖看了看，说："你们看，芝士开始融化了，芝士融化后再等一会儿就熟了。"

过了一会儿，晓星揭开锅盖，一阵独特的香味扑面而来。大家口水开始嘀嗒流了。

"比萨饼制作成功了！"晓星高兴地吸了一口香气，又把比萨倒进一只碟子里，用刀切成八小块。

晓星伸出手，想先吃为快，谁知道，"嗖"一声，许多只手伸过来，碟子一下子光光的。

"咂咂咂……"咀嚼声次第响起。

"你、你们好过分！"晓星变成了鼓气青蛙。

"咂咂咂……"

没有人顾得上气得跳脚的晓星。

今天注定是大食人共和国难忘的一天，因为有一种叫"超级无敌比萨饼"的食物问世了。

传说中这比萨饼是一个英俊潇丽、玉树临风的叫作晓星的小帅哥发明的，这种饼外表红、橙、黄、绿，五彩缤纷，一看就令人移不开眼睛，十分诱人。吃起来味道更是独特又美妙，外酥内松，软度适中，而且馅料充足，又是香肠，又是各种蔬菜，还有香喷喷的芝士和美味的番茄酱，味道好极了。

　　口口相传，一时间好味道饭馆比之前做火锅时更出名了。饭馆门口从一开门就排长队，人们都想一尝"超级无敌比萨饼"的独特滋味。

　　范统本来想用切断肉食供应的手段来打垮好味道饭馆，没想到他们没了火锅，却推出了更厉害的比萨，气得范统咬牙切齿，但又无可奈何。只好眼睁睁看着好味道饭馆生意兴隆，更上一层楼。

　　这天，晓星忙了大半天，脚已经累得不行了，从小到大，他都没有像现在这么劳累的！

　　见到各人已经能熟练掌握比萨制作，晓星决定偷一下懒，去二楼的休息室坐坐。二楼的厢房都全被包了，见到客人们人手一块比萨吃得正开心，晓星心里挺有满足感的。

　　咦，这间厢房里怎么只坐了一个人，是个女的，看背影小小的，这时正埋头苦吃，边吃嘴里还嗯嗯嗯的，很像猫儿吃到美味的鱼干时发出的满足声音。

　　好像是一个认识的人！

　　晓星走近瞧瞧，果然是她。

　　"喂，小吃货！"晓星大喊一声。

　　"哇！"丁一吓了一跳，手里拿着的一小块比萨掉地上了。

　　她也顾不上看看吓她的人是谁，悲愤地用手指着地下那小块比萨，喊道："赔我，赔我！"

　　晓星一看，不就是一小块嘛，一口就能吃完，那么紧张："不赔！"

　　"哇……"丁一跺脚，涕泪交流。

　　晓星吓了一跳，他不想让人误会自己欺负小女孩，忙说："好啦好啦，赔你赔你！"

　　"哼！"丁一马上住声，这才抬起头，一看是晓星，"原来是你这死小屁孩，你总欺负我！嘤嘤嘤嘤……快赔我比萨，马上，立刻！"

　　晓星气不打一处来，还不知道是谁欺负谁呢！

　　见到楼下的人都朝上面看了，他只好气呼呼地说："好啦，别再鬼哭狼嚎了，我马上帮你去拿。"

　　一边下楼还一边听到丁一在叫："我刚才吃的是绿野风光厚型比萨，你得赔我不同口味的，就香酥罗非鱼薄脆比萨吧！"

　　晓星的脚崴了一下，差点儿摔下楼梯，这小吃货，真会得寸进尺！

　　来到大堂，吩咐伙计给丁一送一块香酥罗非鱼比萨，自己也不上楼休息了，免得看见那小魔怪生气。

第 *16* 章
不能让桐桐变成孤儿

忙到了晚上九点，饭馆打烊，大家都累坏了，一帮人瘫在大堂里，东倒西歪的。

晓星伸了个懒腰，走出大门，到江边坐了下来。

望着滚滚东流的江水，晓星又想起了小岚姐姐。

小岚姐姐，你在哪里呀？他想念小岚姐姐，想念万卡哥哥，想念自己的那个时空，禁不住鼻子发酸，有一种想流泪的感觉。

"呜呜呜……"

咦，自己明明没哭呀，怎么听见哭声。晓星讶异地站起来。

循声看去，只见五六米远的地方，蜷缩着一个小小的身影，在低头呜咽。

晓星走了过去，不小心踩着一根树枝，发出啪啪的声响。那小身影抬起头，原来是桐桐。

"桐桐，怎么一个人躲在这里哭？"晓星走过去，在桐桐身边坐下。

"我……"桐桐一张嘴，又禁不住呜咽起来。

"想你爹爹？"晓星知道桐桐哭什么。

"嗯。"爹爹被抓走快一个月了，桐桐好想他。

晓星想了想，说："我陪你去一趟监狱，探望你父亲，好不好？"

桐桐惊喜万分："去探望爹爹？真的可以？"

晓星说："事在人为。不试试，怎么就知道不行呢？"

桐桐听了很受鼓舞，她使劲地点了点头："嗯。"她又用崇拜的眼神看着晓星："晓星哥哥，你真厉害。"

晓星尾巴一翘一翘的："当然！"

晓星的自信是从小岚姐姐那里学来的。小岚姐姐说过："什么事都不敢去做的话，就什么事也做不成；做了，就有成功的可能。"

小岚姐姐就是因为敢想敢做，才会创造出无数奇迹。

"就明天上午吧，我陪你去。"晓星说。

想到可以见到父亲，桐桐激动得眼睛发亮："我带点什么东西给爹爹好呢？"

晓星想了想，说："监狱里一定吃不好，最好带点吃的。"

"呜呜呜，可怜的爹爹……"桐桐扁了扁嘴，抽抽搭搭地说，"晓星哥哥，我想亲手做些好吃的带给父亲，你能教我吗？"

"别哭别哭，我教你做。"晓星最看不得小妹妹哭，连忙答应。

"谢谢晓星哥哥。"桐桐露出了笑脸。

"这才对嘛！笑着过是一天，哭着过也是一天，那为什么不笑着过呢？来，咱们回家。"晓星拉着桐桐的手，回家去了。

桐桐第二天早上跟杨伯说了和晓星去探监的事，杨伯摇头说："你们别去了，去了也是白跑一趟。我已经找过老爷那位姓吴的朋友，请他想办法，让我们再去看看老爷。吴先生说，像老爷这种案子，都是不许探视的。之前去探的那次，已是托了很多人，费了不少功夫，才勉强通融了一次。要想再去，实在是不可能了。所以，你们别再心存侥幸了，你们进不去的。"

桐桐异常坚定："我要去试试。晓星哥哥说得对，不试

试怎么知道不行呢！"

杨伯见桐桐这样坚持，也不好再劝，只是大声叹了一口气。

赵恒一向善待仆人，所以胖姑和其他伙计听桐桐说想亲自做好吃的带给父亲，一个个七嘴八舌出主意，最后决定煲鸡汤和包饺子。于是胖姑热心教桐桐煲汤，其他伙计就一起动手，和面、剁饺子馅，然后大家一起包起饺子来。每个人都很虔诚地做着这一切，仿佛这样就可以把祝福放进食物里，送给狱中的赵老爷。

人多力量大。很快，香喷喷的鸡汤煲好了，热腾腾的饺子也煮好了，晓星和桐桐，一人提着一样食物出了门。

京城大牢离临江坊有很长一段路，两人走了大半个小时，才到了目的地。

大牢门口，一左一右站了两个持枪的守卫，两个守卫长得很高大，面相又有点儿凶，见到晓星和桐桐往这边走，便虎视眈眈地盯着他们。桐桐见了，吓得躲到了晓星背后。

晓星其实也有点儿害怕，但在桐桐面前不能认怯，便鼓着勇气走上去，向那两个守卫鞠了个躬，很有礼貌地说："两位大叔好！我们想探赵恒。"

左边守卫摇摇头："不能探。"

右边守卫也摇头："对，不能探。"

桐桐一听便哭了。

晓星关切地摸摸桐桐的脑袋，对守卫说："她是赵恒的女儿，她很想父亲，希望见上一面，请你们帮帮忙。"

左边守卫说："真的不能探，你们走吧！"

右边守卫说："对，真的不能探，你们走吧！"

"哇！"桐桐哭得更大声了，眼泪大滴大滴地往下淌，瞬间就把衣襟湿了一大片。

两个守卫尴尬地看着她，有点儿手足无措。

晓星问道："大叔，你们有孩子吗？"

左边守卫点点头："我有两个男孩，一个三岁，一个六岁。"

右边守卫点点头："我有一个女孩，今年九岁。"

晓星说："相信你们的孩子很爱自己父亲，你们也很爱自己的孩子。要是你们出了事不能回家，你们的孩子一定很伤心难过。"

左边守卫红了眼睛："肯定。"

右边守卫也红了眼睛："必然。"

晓星又说："那你们就帮帮桐桐吧，让她去见父亲一面，一会儿也行。"

两个守卫好纠结。班头吩咐不许探的，但是小姑娘真的很惨。他们看着哭泣的桐桐，看着看着仿佛变成了自己的小儿女……

左边守卫朝右边守卫招招手，两人耳语：

"班头和其他几个兄弟去吃饭了，应该还有半小时才回来。"

"是的！让他们进去一会儿，你不说，我不说，没人知道。"

两人又一齐"嗯"了一声。

左边守卫对晓星和桐桐说："你们快点儿进去，右手边第十间囚室就关着赵恒。给你们二十分钟，快去快回！"

"谢谢大叔！"晓星和桐桐高兴地向两位大叔道谢。桐桐还跟守卫大叔鞠了个躬："两位大叔真是好人，桐桐会记一辈子的。"

两个守卫都好像挺不好意思的：

"小意思啦，不用谢不用谢！"

"对，小意思不用谢的，快进去吧！"

晓星拉着桐桐的手，走进了监牢里。

这里的布局跟晓星以前看过的古代监狱还挺像呢！中间是一条长长的通道，通道两边是一间间牢房，透过粗铁丝做成的铁栅栏，可以看到里面皮黄骨瘦、蓬头垢面的囚犯。

见到晓星和桐桐走过，一些囚犯从铁栏栅中间伸出手来，喊道："给点儿吃的好吗？好饿！"

有的就喊："我冤枉啊！能替我申冤吗？"

而大多数囚犯就麻木地坐着，呆滞的眼睛没有焦距地盯着某个地方。

桐桐害怕得直往晓星身上靠，其实晓星也有点儿害怕，但他明白这时候应该保护女孩子，所以强作镇定，说："桐桐别怕，有我呢！"

桐桐死死抓住晓星的手，嘴里"嗯"了一声。

很快，他们走到了第十间囚室门口。

只见里面只有一张用木板架的床，一个衣衫肮脏的人躺在床上。晓星其实只是远远见过赵恒一面，所以不敢肯定这人就是他，但这时桐桐早已大叫一声："爹爹！"

床上的人显然吓了一跳，他一骨碌起了床，目光落到桐桐身上，不禁呆了呆。接着飞扑过来，一把抓住桐桐伸进去的手："桐桐，是你吗？真的是你！"

"是我，是我，是桐桐看您来了！"桐桐压抑着不敢大声哭，只是眼泪无法控制地流着。

赵恒隔着铁栅栏拉着桐桐的手，泪水夺眶而出。

晓星在一旁看着那一对相对而泣的父女，也不禁眼圈红了。

桐桐好不容易止住哭声，用小手帮父亲擦眼泪："爹爹不哭，爹爹不哭……"

赵恒强忍泪水，焦急地询问家中情况。他知道自己家已被抄了，儿女被赶出家门，一直担心他们没人照顾，流落街头。听到桐桐说了杨伯和晓星晓晴、胖姑都留下照顾他们兄弟姐妹，还有母亲留下房子和钱、晓星出主意开了饭馆、生活无忧等事情，赵恒这才放下心来，连声向站在一旁的晓星道谢。

"不用谢，我帮人也是帮自己，不然我也会无家可归的。"晓星拼命摆手。

"不管怎样，你也是帮了赵家大忙。请受我一礼！"赵恒朝晓星鞠了一躬，吓得晓星赶紧伸手去扶他。

赵恒又说："晓星，我有一件事想请你帮忙。"

晓星马上点头说："赵叔，有什么需要帮忙的，你尽管说。"

赵恒说："看样子我是很难有脱罪之日了，我想请你留在赵家，照顾桐桐四姐弟，做他们的哥哥，不知你可不可以答应我这请求？"

　　"没问题，我一定会把桐桐他们当作亲弟妹看待。"晓星毫不犹豫地拍拍胸口，又说，"赵叔别泄气，好人一生平安，您会没事的。"

　　赵恒摇头叹息："很难了。间谍案给国家造成了巨大损失，涉案的人，的确罪大恶极。"

　　晓星说："听杨伯说，其实你是被人冤枉的。"

　　赵恒长叹一声说："是的。只是事到如今，我有理也说

不清了。何况大总统已下了命令，说此案铁证如山，所有涉案人员都不准翻案。"

一直在旁边听父亲跟晓星说话的桐桐，嘴巴一扁，又哭了："爹爹，您明明是好人，好人为什么要受苦呢？我们想您，我们要您回家……"

赵恒心痛地搂着桐桐，眼中流泪。

晓星心里很难过，这世界怎么啦，不是应该好人有好报的吗？赵恒为什么会落得这样的下场呢？要是小岚姐姐在就好了，她一定会想出办法来的。

"小朋友，小朋友！"有人在喊。

原来是其中一个大门守卫，他对晓星说："时间差不多了，你们得离开了。要是其他人回来看到，我们会倒霉的。快走吧快走吧！"

"爹爹，我想您回家……"桐桐拉着赵恒的手，哭着不肯放。

"桐桐，我们再不走，会连累两位好心的守卫大叔的。快走吧！"

晓星拉拉桐桐。

"我不走，我要在这里陪爹爹！"桐桐还是哭着不肯离开。

"桐桐乖，桐桐快走吧！"赵恒哽咽着劝女儿。

晓星看着满脸泪水、伤心欲绝的桐桐，回想起刚见面时那个活泼可爱的馋嘴猫、贪吃鬼，心里不禁像被刀子割了一下，很痛很痛。

不，不能让桐桐变成孤儿，不能这阳光女孩从此坠入黑暗，要想办法帮她，救她父亲一命。

脑子里想着，嘴巴就不知不觉大声说出来了："桐桐别哭，我会帮你救出父亲的！"

"啊？！"桐桐的哭声戛然而止，她抬起头，用红肿的眼睛盯着晓星，惊喜地叫道，"你、你说的是真的？你真能救出我爹？"

而赵恒就瞠目结舌地看着晓星："你、你真的有办法？"

晓星说出口之后，也被自己的话给吓住了。赵恒是被大总统亲自下令判极刑的，还声明不许翻案，自己小胳膊小腿的，难道去劫法场？

他瞅瞅桐桐惊喜的脸，又瞅瞅赵恒惊疑的目光，心想话都说出来了，难道还要收回吗？！天下事难不倒周晓星。咦，这不是小岚姐姐的台词吗？

对，小岚姐姐能做到的，自己也要做到。周晓星，加油！

晓星主意一定，马上斩钉截铁地说："是，桐桐，我向

你保证，一定会想办法救出你爹爹。不过，你要乖，马上跟我走，我们出去再想办法。"

"真的？你真的能救我爹爹？"桐桐惊喜地看着晓星，她唯恐晓星赖账，马上伸出小指头，"一言既出，驷马难追！我们拉钩。"

"好。"晓星伸出小指头。

桐桐和晓星拉完钩，这才肯离开。她把带来的东西交给父亲："爹爹，这是我亲手煲的鸡汤，还有很多人一起做的饺子。爹爹，您一定要好好的，等着我们来救您出去。"

"嗯，爹爹一定好好的。"赵恒眼中流泪，接过食物，他又看着晓星，说，"虽然……但是我还是感激你。希望你帮我好好照顾桐桐他们。拜托了！"

晓星点点头，拉着桐桐转身走了。

桐桐边走边回头，对赵恒说："爹爹，我们等您回家……"

回家路上，桐桐显得很兴奋，不停地问着："晓星哥哥，你什么时候把爹爹救出来呀？明天可以吗？"

"啊！"晓星挠头。心想别那么焦急好不好，怎么救你老爹，我还没有一点头绪呢！他只好含含糊糊地说，"嗯，尽快，尽快。"

第 *17* 章
为"食"生病的八王子

晓星和桐桐回到饭馆,刚好见到杨伯用布擦着手从厨房走出来,一见他们俩,杨伯就紧张地问:"有见到老爷吗?"

桐桐开心地说:"见到了。我叫爹爹好好的,等着我们把他接回家。"

杨伯又惊又喜:"把老爷接回家?难道老爷有希望脱罪出狱?"

桐桐看了晓星一眼,说:"晓星哥哥说,会想办法救爹爹出来的。"

"你……"杨伯看着晓星,两眼放光,显得很激动,"你真有办法救老爷?"

"我……我……"晓星不知怎么回答好。

杨伯见晓星这样，眼里的光瞬间又黯淡了，好像挺失望的。他大概也知道晓星这是安慰的话，并不是真有什么可行的办法。

他不由得担心地看了桐桐一眼，要是最终无法救出老爷，小姐不知道会伤心成什么样子。

"嘿，小屁孩！"一个清脆的声音，打破了这沉重的气氛。

晓星没看也知道是丁一来了。他也没心情和她斗嘴，只是笑了笑，让杨伯带她上二楼的包厢。

"咦，小屁孩，好像有点儿不高兴哦！"丁一扭头看看晓星，说，"喂，今天我要吃香脆鲜虾比萨，你亲自给我做，做好吃点，要不我不给钱哦！"

看着丁一蹦跳着上了楼，晓星叫桐桐先回家，自己就去了厨房。丁一那小魔怪最近几次来都指定要自己帮她做比萨，不知道是觉得晓星做得特别好吃，还是觉得能支使小屁孩做事很有满足感。

不一会儿，晓星把比萨做好，亲手端着上了二楼。包厢里，丁一正等得不耐烦，用叉子把茶杯敲得叮当响，一见晓星端着东西上来，马上咽了口口水，埋怨说："怎么这么久，我快饿死了！"

真受不了这大小姐，晓星瞪她一眼，说："喂，你以为我会变魔术呀，魔法棒一挥，就能变出比萨来。做比萨是需要时间的，大小姐！"

"吧唧吧唧"丁一早抓起一块比萨，大嚼起来。

"吃死你！"晓星哼了一声，下楼了。

"木要有，木要有，有话跟你说。"真难为她，满嘴塞着食物，还能发出声音。

"你说什么？"晓星听得莫名其妙。

丁一赶紧把嘴里东西吞下，才又说了一遍："不要走，有事跟你说。"

"什么事？"晓星停下脚步，心想这家伙能有什么正经事，别不是又有什么事想刁难自己吧！

丁一擦擦嘴巴："死小屁孩，这里又不是有鬼追你，走那么急干吗！有件事请你帮帮忙。"

啊？这是请人帮忙的口气吗？晓星真服了她。

"不帮！"晓星继续走。

"喂，你敢！"丁一脸上出现了又委屈又愤恨，还有点儿气急败坏的表情。

"就敢！"晓星继续走。

"不要啦！"丁一沉不住气了，她站起来，跑下楼梯，

拽住晓星的衣服，"帮帮我嘛！"

晓星下巴上扬，看也不看她："求我。"

丁一一副苦瓜脸："求你！"

晓星转头看她："那你以后要乖，别老那么刁蛮任性。"

"哦——"丁一努力做出一副乖样子。为了不让英俊帅气的父亲将来愁得头顶上只剩下三根呆毛，她只好选择向小屁孩投降。

"这才差不多。"晓星慢吞吞地回包厢坐下，"什么事？"

"等等。"丁一把碟子上剩下的一丁点比萨碎块扒进嘴里，这才呼了一口气，"真好吃。"

真是个吃货！晓星好笑地盯着她的一举一动。

"要不是看到我老爹愁得头发都快掉光了，我才不会求你呢！"丁一有点儿幽怨地看了晓星一眼，"这件事说起来还挺复杂的……"

原来……

大食人共和国的地理环境跟中国的宋朝差不多，是相对封闭的，东南面是海，西面是高原，只有北面是广阔的草原。这就决定了这个国家东、西、南三面都很安全，唯一有危险的就剩北方了。

北方跟大食人共和国接壤的国家，全称"大不了背镊公国"，简称大镬国。大镬国广阔的草原，孕育了一个彪悍的特别擅长骑射的马上民族——背镬族。

从国家经济来说，大食人共和国远比大镬国富庶，但从战斗力来说，大食人共和国就远不及大镬国了，所以大食人共和国居安思危，一直以来都对大镬国保持高度警惕。一方面努力维持良好外交关系；另一方面在双方边境驻扎了很多军队，时刻提防大镬国入侵。

双方维持了百多年的和平，在最近一个月被大镬国打破了。他们的军队在边境接壤处向大食人共和国频频挑衅，两国关系进入紧张状态，战争随时可能发生。

大食人共和国当然不想打仗。因为战争会导致人类伤亡惨重、人民家园尽毁、国家经济倒退起码数十年，总之会造成很严重的破坏。加上大食人共和国今年遭遇洪水和旱灾，严重影响国库收入，如果打仗，很可能连军队的口粮也供应困难。

如果能维持和平的话，大食人共和国绝对不想打仗。

于是，丁大总统向大镬国下了国书，希望双方坐下来，和平协商解决边境问题。丁大总统想，如果对方同意和谈的话，自己可以放下身段，派谈判团前往大镬国。

没想到事情意想不到的顺利，大镬国收到国书后，不

但同意和谈，还派了以小王子八宝范为团长的代表团，来大食人共和国进行谈判。

小王子八宝范今年十八岁，一表人才，性情开朗，看上去像是很好说话的人。但相处下来才知道，这家伙在谈判桌上咄咄逼人，非要让大食人共和国每年给大镶国上贡银二十五万两，布二十五万匹，才肯停止挑衅。

大食人共和国当然不同意这样的不平等条约了。所以第一天谈判就陷入了僵局，双方不欢而散，宣布暂时休会。

那八宝范好像也不着急，第二天就带着几个人优哉游哉去城内到处闲逛，专挑热闹的地方去，专拣好吃的饭馆入，吃吃喝喝，十分快活，全不管何时恢复谈判。

眼看边境上的两国冲突越来越严重，战争一触即发，丁大总统都快急死了，无奈八宝范仍然我行我素，把城中的饭馆吃得七七八八了，好像一点儿不着急谈判的事。丁大总统急了，多次派官员去找他，要求尽快恢复谈判，却一直得不到回音。

可就在昨天，八宝范主动现身去找大总统了。大总统一见他就吓了一跳，一个多星期没见，怎么就变得这样无精打采、情绪低落的，眼睛下面也多了一副明显是睡眠不足造成的黑眼圈。

"八王子，你病了？"大总统关心地问道。

八宝范摇了摇头，又点点头，没吭声，只是一副生无可恋的样子。

大总统只好去问代表团副团长唐连子："八王子怎么啦？"

唐连子凑近大总统耳边，神秘兮兮地说："得单思病了。"

"啊，单思病？！"大总统的八卦劲儿马上出来了，"啊，王子有艳遇了？爱上了什么小姑娘？"

大总统还马上脑补出了"八王子异国他乡遇真爱，丁总统仗义出手成姻缘"的感人故事。

唐连子却摇了摇头，说："不是惦记上了小姑娘，是惦记上了几个菜。"

大总统有点儿发愣。几天下来，他也知道这八宝范小王子是大大的吃货，但不就几个菜吗？买来吃就行了，犯得上沮丧成这样！

见到丁大总统眨巴着眼睛满脸的困惑，唐连子说出了谜底。

原来八宝范自小便是个美食狂人。他喜欢吃，生在皇家也有条件吃，所以不管去到哪里，都会访寻名菜，不吃到嘴决不罢休。而他自己也以尝遍天下名菜为荣。

前不久有友人提到三道菜的名字，竟然是八宝范没吃过的，八宝范耿耿于怀，追问朋友，这道菜的味道和模样，可惜朋友也只是听闻而没有见过。八宝范自此有了人生目标，就是找到这几道菜，品尝一番。自此，他在自己国内寻找，到别的国家寻找，苦苦追寻，但历时半年仍没找到。

大食人共和国是个历史悠久的国家，本来是八宝范重点寻找的地方，但因为近年两国关系紧张，时不时发生冲突，所以他的父王八宝祝，不许他到大食人共和国，怕发生危险。

这次大食人共和国向大镬国下国书，要求坐下来谈判边境冲突问题，八宝范认为机会来了。两国相争，不斩来使，如果自己作为谈判代表团去大食人共和国，不但师出有名，而且没有危险，自己父王也没道理再阻挠自己。于是自告奋勇，要求出使大食人共和国，谈判是假，找那几道菜是真。这样才有了一向气焰嚣张的大镬国，却放下身段来大食人共和国谈判的事。

没想到找了将近十天，走遍了城中各个饭馆，都没有这几道菜。眼看寻找无望，八宝范十分失望，那几个菜名一天到晚在眼前晃呀晃，飞呀飞，弄得他心烦意乱。越是得不到就越想吃，八宝范日思夜想，人变得很憔悴，像生了一场大病似的。

"砰！"忽然一声巨响，把鬼鬼祟祟耳语着的丁大总统和唐连子吓了一跳，一齐看向使劲拍桌子的八宝范。

只见八宝范像下了大决心一样，说："丁大总统，这样吧，如果你能帮我找到我想吃的这几道菜，我就和你签订互不侵犯条约，从此之后，两国世世代代和平共处。"

"啊，真的？！"丁大总统没想到幸福来得这样容易，只不过是做个菜嘛，还难得过打仗吗？他连那几道菜的名字都没问，就拍拍胸膛说，"行行行，包在我身上。刚好最近国内举办厨艺大赛，各地名厨云集京城，明天上午我把他们叫来总统府宴会厅，你想吃什么菜直接跟他们说。"

"啊，那太好了！"八宝范没想到事情能这么顺利，高兴得从椅子上跳了起来。

丁大总统向来爽快不拖沓："好，那明天下午四点，总统府宴会厅，不见不散。"

八宝范跟丁大总统一击掌："不见不散，耶！"

晓星听完丁一的讲述，问道："那你知道八王子想吃的那几道菜的名字吗？"

丁一眨眨眼睛，说："不知道，爹爹也没问。"

"没问？"晓星挠挠头，心想这个大总统有点儿不靠谱呢，要是八王子说要吃龙的肝、凤的胆，那怎么办？于是

他摆摆手，说，"那我帮不了你。"

"啊，为什么？！"丁一失望得快哭了。

晓星慢悠悠地站起来，说："连菜名都不知道，我不打没把握的仗。"

晓星不是不想帮忙。这事不但是帮大总统，也是帮大食人共和国国民，为和平出一分力，很应该啊！

可是，他会做的菜本来就不多，刚好会做的都是这大食人共和国没有的，他才可以充一下天才小厨师。八王子遍寻不到的几道菜，自己八成不会，才不去出这个丑呢？

"嘤嘤嘤，你见死不救……"丁一用手捂住脸。

晓星饶有兴趣地盯着她："一滴眼泪也没有。"

"你！"丁一放下手，气鼓鼓地瞪着晓星。

自己那不靠谱的爹爹，连人家要吃的菜名都没问，丁一心里早就有点儿不踏实，万一那几道菜真的很难做，大食人共和国的厨师都不会，那就糟了。偏偏她老爹信心十足。

本来找来天才小厨神，以防万一，可晓星却又不肯帮忙。

晓星站起身："好啦，我走了，忙着呢！"

"别走！"丁一抓住晓星的衣角，"爹爹说了，谁能做出八王子想吃的那几道菜，他就封他为国民厨神，还答应他一个愿望。"

　　晓星心里咯噔一下。若自己封为国民厨神，便可以在小岚姐姐面前厉害一回，不错哦！不过，最吸引人的是——能让大总统答应自己一个愿望！

　　天上掉鸡腿了！大大大大的好事啊，那就可以让大总统把赵恒赦免了！

　　"好，我去！"丢脸就丢脸吧，万一真的瞎猫碰上死老鼠，自己会做八王子那几道菜，那赵恒就有救了。

第18章
遇见小岚

上午十一时，大总统府宴会厅。

晓星到时，只见偌大的宴会厅，最靠近小舞台处，有十几张桌子已经坐满了人。而最前面的一张大圆桌子空着，应该是留给重要来宾的。

小舞台上摆放好了一张约有五米长一米宽的长桌子，长桌子后面站了十几二十名身穿白色制服、头戴高帽子的大厨。他们分成两排站着，神情兴奋又紧张。

来京城参加饮食界厨艺比赛，却没想到还会幸运地遇上这样的惊喜——只要做出八王子要求的菜式，就可以被封为"国民厨神"，还可以让大总统答应自己一个愿望。

那可是比厨艺比赛拿到冠军厉害上好多倍的荣耀和好处啊！

大厨们已经第一千零一次地在幻想着自己获胜后，获封厨神和大总统实现自己愿望的激动一刻。

晓星悄悄站到了厨师队伍的末尾，刚站好，就见到大总统和八宝范，还有双方一些官员进来了。丁一也跟在大总统后面，她一进来就往厨师队列中瞧，好像要找什么人。

等所有人落座之后，主持人就请丁大总统讲话。

丁大总统大概四十岁上下年纪，相貌堂堂的。当然了，能生出丁一这么漂亮的女儿，当爹的肯定不会是丑八怪。

丁大总统站起来，清了清嗓子，说："各位大厨师，今天你们是主角，希望你们都能大显身手，弘扬我们国家的美食文化。八王子见多识广，对美食文化认识很深，他有三道菜式闻名而未能见到及尝过，所以他很想各位帮他圆这个梦，大家有没有信心？"

"有！"厨师们异口同声答道。

厨师们跃跃欲试。他们都在想，大食人共和国的饮食文化，比起大镬国不知先进多少倍，八王子没吃过的东西多着呢，他要求的菜式相信不难做。所以，一定要醒目点，

在菜名报出时，第一个举手。

大总统也想早些做出八王子要求的菜，好让两国能重新谈判，早日解决边境问题。于是长话短说，简单说了几句鼓励的话，就请八王子报出那三道菜的菜名。八王子玩神秘，之前连大总统也不知道那几道菜的名字呢！

八王子站了起来，说："请大家听好了……"

厨师们虎视眈眈盯着八王子，随时准备举手。

八王子继续说："这三道菜是——，这三道菜是'雪压金字塔''心痛的感觉''狮子吼'。"

几只想抢答已经举起的手放下了，人们面面相觑。

"呃？'雪压金字塔''心痛的感觉''狮子吼'？这是什么菜呀？全都没听过！"

连丁大总统都愣在当场。说起来他也喜欢品尝美食（原来丁一的吃货基因来自他老爹），吃过的菜式何止上百，但从来不知道有这几道菜。

晓星不敢作声，在乌莎努尔王宫，吃过的美食数不胜数，但什么"雪压金字塔"，什么"心痛的感觉""狮子吼"，他真的没听说过。

晓星有点儿泄气，这回没法帮桐桐救出她老爹了。

他瞅瞅一个个摸不着头脑的大厨们，又瞅瞅发愣的丁大总统,再瞧瞧失望的八王子,看来没有人会做这三道菜呢!

突然眼睛被什么闪了一下，又一下，刺得他眼睛生痛。是谁搞的恶作剧？！

趁闪光掠过的空隙，晓星找到了元凶，原来是丁一搞的鬼！她用手里拿着的一个什么东西，把阳光反射到他脸上。

见到晓星注意到自己，丁一使劲朝晓星眨眼睛，提醒他"出声呀出声呀"。

晓星瞪了她一眼，自己不会做，出什么声？

"哼，好笨，太容易了！"晓星旁边不知什么时候站了一个人，那人嘟哝了一句。

声音好熟。晓星扭头一看，不禁目瞪口呆。那人仿佛发现了有人在注视自己，也看了过来，也愣了。

"小……"

"晓……"

晓星身边的人，竟然是失散多时的小岚！！

"呜……"晓星拉着小岚的手，好想哭，"小岚姐姐，你怎么找到这里来的？"

小岚也很激动："我本是报了名参加饮食界厨艺比赛的，因为参加的人可以有免费食宿，好解决我没钱的问题。没

想到大总统又要找人给大镀国王子做菜，还能满足一个愿望。所以我想碰碰运气，万一成功了，就让大总统帮忙找你和晓晴。"

"刚刚进来时怎么没看到你……"

"刚上了趟洗手间，回来就随便站在队尾，没想到……"

两人正在尽诉别离情，却听到八宝范着急地喊了起来："你们倒是说句话呀，会做，还是不会做？"

大厨队伍还是没人出声，每个人心里都在暗暗叫苦——咱真的不知道怎么做呀！

"太让人遗憾了！"八宝范失望地站起来，对代表团的人说，"走吧，我们再去寻这三道菜。"

大总统急了："八王子，那谈判的事，什么时候恢复？"

八宝范无精打采地说："等我的病好了再说。"

大总统急了："什么？！要是你的病一直不好，那岂不是……"

"谁说没有人会！"一个清脆的女孩的声音，在偌大的宴会厅回响着。

听在所有人耳朵里，简直有如天籁仙音。

丁大总统眼睛睁大了，天哪，多好听的声音，多美妙的一句话，难道是救苦救难的小仙女来救我了吗？

八宝范的眼睛睁大了，终于有人知道这三道菜了。

厨师们的眼睛睁大了，大食人共和国饮食界不用蒙羞了，可以扬眉吐气了。

晓星开心了，有小岚姐姐，不用怕。果然是天下事难不倒马小岚啊！

所有人都火眼金睛地寻找说话的小仙女，很快发现了站在第二排的小岚。

"请、请这位小仙女到前面来。"丁大总统激动得有点儿结巴。

小岚拉着晓星的手，走到前面去。

看见从一帮油光满面、胖乎乎挺着大肚腩的大厨里走出的小美女，八宝范都有点儿不相信自己眼睛，她真是厨师吗？

"喂喂喂！"晓星凑近八宝范，抬手在他的眼睛前面挥了几下，"醒醒，醒醒！"

"噢！"八宝范清醒过来，有点儿不好意思，"小仙女，你真的会做这些菜？"

小岚毫不犹豫地说："当然！"

"那太好了，麻烦你马上做。"八宝范口水流出来了。

"可以。"小岚答得很干脆。

"来来来，厨房就在那边，里面什么食材都有。我带你们去。"丁大总统见到希望在眼前，不禁眉开眼笑。

"我也去。"八宝饭想亲自见证那三道菜的诞生，也想跟着去。

"你们会妨碍我们做菜的。你们留在这里，我们一个小时内就能做好。"小岚表示了"谢绝参观"的意思。

一个小时内？一个小时内就能做好三道菜？所有人都感到不可思议。

八宝范搓着手，高兴极了："好好好，我就等着你们的美味佳肴！"

"拜拜，我们去做菜啰！"小岚拉着晓星的手，两人朝厨房走去。

晓星有点儿疑惑地问："小岚姐姐，这三道菜我连听也没听过呀，你是怎么知道的？还会做呢！"

小岚敲了他脑瓜一下，说："笨蛋，反正谁也没见过，咱们做出符合菜名的菜出来，不就成了吗？绝对不会有人说个不字的。"

晓星摸摸脑袋："哇，小岚姐姐真聪明！那小岚姐姐想好怎样做了吗？"

小岚无比自信地说："当然想好了。"

于是，小岚告诉晓星，第一道菜，这样这样；第二道菜，这样这样；第三道菜，这样这样。

晓星拍手大笑："哈哈哈哈，就这样这样。"

说着话就走进了厨房，两人赶紧找需要的食材。

厨房里各式工具齐备，食材也应有尽有。两个人高高兴兴地挑着需要的东西。

晓星突然想起了什么，对小岚说："小岚姐姐，有件事想征求你同意。我和姐姐流落到这里，被坏人诱骗卖到了副市长赵恒府中做仆人。幸好赵副市长人很好，待仆人不打不骂，还能吃饱穿暖，我们才有了落脚之地。但不幸的是，赵副市长早前被间谍案牵连，无辜入狱，还被判死刑，不能赦免。他的夫人已经去世，留下四个小儿女很可怜。我这次来，就是希望成功后让大总统赦免赵副市长……"

小岚不等他说完，便说："行行行，没问题，这样的好人应该出手相帮。"

晓星大喜："谢谢小岚姐姐！"

说话间，两人已经把需要的食材挑得差不多了。令小岚惊喜的是，竟然在冰柜里发现了几只用荷叶包裹着的方方正正的糯米鸡。

"哈哈，我的运气不错哦！正想着用什么东西来做金字塔呢，没想到有现成的。"小岚拍拍手，眉开眼笑地拿起一只糯米鸡，"我们把它捏成三角形就可以了。"

"没想到这异时空也有糯米鸡！"晓星感到很意外。

糯米鸡是中国广东地方特色点心的一种，非常好吃。做法是在糯米里面放入鸡肉、叉烧、排骨、咸蛋黄、冬菇等馅料，然后以荷叶包裹，隔水蒸熟。

晓星煞有介事地点着头："万卡哥哥常说小岚姐姐是小福星，果然没错！"

"开始制作。"小岚捋起袖子。

"是，大厨姐姐！"晓星大声答应。

两人先把几只糯米鸡解冻了，打开一只，想看看糯米里面的馅是否跟中国的糯米鸡一样。咦，两人失望了，太不一样了！

中华美食的丰富多彩真不是别的地方能比的。这大食人共和国的"糯米鸡"，原来只是一包用荷叶包裹着的米饭！

小岚说："好吧，我们就做一件好事，把中国的糯米鸡介绍给这里的人吧！"

晓星挺挺胸，自豪地答道："是！"

小岚和晓星合作得很好，两人把需要用的馅料炒熟，放在糯米中间，然后再用荷叶包裹好。小岚吩咐晓星："放

进锅里，隔水蒸二十分钟。"

晓星问："还要蒸？米饭和馅料不都是熟的吗？"

小岚说："再一起蒸蒸，是为了让馅料的味渗进米饭……"

晓星一拍大腿："噢，我明白了！"

第 *19* 章
心痛的感觉

　　刚好一个小时，晓星和小岚一人端着一个盘子，盘子上盖着一个金色的盖子，从厨房出来了。

　　"来了来了！"宴会厅里的人虎视眈眈地看着。

　　小岚和晓星把手中盘子放在长桌子上，晓星说："现在由我来揭晓第一道菜，登登登登——雪压金字塔。"

　　万众期待中，晓星把金色盖子一揭，露出里面用白色碟子盛着的菜——一只三角形的用米饭做成的东西，顶端尖尖的地方撒上了白色砂糖。

　　"哇！"发出一片惊叫声。

　　"哇，三角形，真是金字塔呢！"

"顶尖白色，代表雪，没错，果然是雪压金字塔啊！"

"看上去不过就是一团米饭，上面撒了些白糖，吃起来可能不会很好吃哦！"

"管它好吃不好吃，反正外形没错，就是雪压金字塔，八王子也不能赖账！这小姑娘真聪明，早知道这样也可以的，我就去做了。"

"这这这这这……这就是雪压金字塔？！"八王子傻傻地看着碟子里的东西，"我心目中这道菜不会这样简单的！"

小岚看着他："好啊，那你把不简单的雪压金字塔做出来。"

八王子嗫嚅地说："我如果会的话，就不用找你们来做了。"

小岚自信满满地说："对啊，你不会做，我们会做，所以你没资格质疑我们。不会错的，这就是雪压金字塔。"

八王子无话可说，的确，他根本不知道"雪压金字塔"这道菜是什么样子的。他只好说："好吧，我接受！"

哗啦啦，一片掌声。虽然做出这道菜的人不是自己，但是牵涉到国家尊严，要是有着悠久历史的大食人共和国被难住了，那多没脸啊！

晓星把雪压金字塔送到八王子面前，说："八王子，请品尝。"

八王子坐了下来，用刀把粽子切开。

一股浓郁的香味马上散发出来，在场的人都愣了，原来不是一团米饭那么简单！米饭里面包着无比丰富的内容啊！仔细看看，有鸡肉，有冬菇，有鲜笋，有咸蛋……

"哇，原来饭团可以这样做！绝了……"

"以后我们的荷叶饭包，就可以放这些馅料！"

"我们好笨，荷叶饭包有了几十年，就只会在米里放进油和盐，怎么就没想到，可以放进馅料呢！"

大厨们议论纷纷，这边八王子早就被香味馋得口水直流，心想这雪压金字塔不愧是名菜，自己刚才还瞧不起它呢！幸亏没有错过。八王子眼冒光芒，他举起筷子，夹了一些米饭和馅料，送进嘴里，他细细品味着："哇，真的很好吃啊！"

八王子快速地咽下，又夹了些放进嘴里。

大总统眼睛笑弯了，觉得国家安全问题已向好的方面进了一步。丁一早按捺不住，拿着筷子和小碗走过来，不由分说把雪压金字塔拨了一些进碗里。

八王子见了，用手把面前碟子盖住，含混不清地说："我

的，我的！"

大总统见八王子和丁一吃得高兴，忍不住也从丁一碗里夹了一些放进嘴里，美味得眯着眼："还真不错哦，得把这雪压金字塔列入总统府的菜单。"

晓星把那被八王子舔得干干净净的碟子收起来："谢了，连碟子都不用洗了。"

晓星收走碟子后，小岚揭开了第二道菜的盖子，把里面的一碟菜端到八王子面前的桌子上："第二道菜，请尝尝。"

八王子看了看，是块雪白的豆腐，上面浇了浓汁，还撒了葱花，闻起来有一股豆香："这是哪道菜？"

小岚说："你先尝尝，我等会儿告诉你。"

八王子拿起筷子，夹了一小块放进嘴里："很滑，味道不错。不过一点儿都不特别。"

小岚说："这道菜是要付款的，盛惠一百银圆。"

"一百银圆？！"八王子吓了一跳，"就这么一块豆腐？要一百银圆？"

小岚一点没人情讲："就是要一百银圆，谁叫你不问就吃。吃过一口都要给钱的。你不会连一百银圆也没有吧？还是王子呢！"

小岚使出了激将法。

"哪里！我有钱，给你就是。"八王子气呼呼地拿出钱包付钱。

晓星用手虚拟地做出拿录音话筒的样子，问道："请问八王子，你对这道菜是什么感觉？"

想到吃块豆腐就得付一百银圆，八王子气呼呼地回答说："心痛的感觉。"

晓星笑嘻嘻地说："恭喜你，答出了这道菜的名字。"

"啊！"八王子傻了，"这道菜就是'心痛的感觉'？我不同意！"

晓星说："想耍赖呀！是你刚刚亲口承认的。"

八王子愣愣的，心想好像有什么不对，但又不知道问题在哪里。自己面对这道菜，真是有一种心痛的感觉啊！

"好吧，我接受！"八王子无可奈何，只好认了。堂堂王子，不能说话不算数的。

哗哗哗，又是一阵热烈的掌声。丁大总统的眼睛笑得更弯了。

不吃白不吃，自己可是付了一百银圆呢！八王子大口大口地吃着豆腐。丁一见了，心想一定很好吃哦，别让八王子一人吃光了。于是，又过来抢吃。就这样你争我抢的，很快吃光了，连大总统也没抢到一口。

"真的那么好吃吗？"晓星嘀咕着。

"其实真没有啥特别的。一块普通的豆腐，上面就淋了由酱油、糖拌成的汁而已。我这种水平，能做出什么好菜呀！"小岚耸耸肩，说，"你快去把第三道菜端出来。"

"Yes！"晓星应了一声，跑进了厨房。

八王子吃完豆腐，想到那一百银圆，心里很郁闷，便粗声粗气地喊道："不是还有一道'狮子吼'吗？快，快拿来！"

"来了！"晓星匆匆走出来，把手里端着的盘子往八王子面前一放。

"这就是最后一道菜'狮子吼'？不知道是什么样子的。"

"难道真有只狮子？"

"废话！"

人们议论纷纷的，都不眨眼地盯住那个金色盖子盖着的菜。

"登登登登，'狮子吼'来了！"晓星大喊一声，揭开了盖子。

一个足有四寸高的大包。大包是由三片面包中间夹着肉、鸡蛋、蔬菜做成的，那明显是一个汉堡包，名叫巨无霸的汉堡包。

"哗！"所有人都对着大包发出惊叹。

这个时空里是没有汉堡包这种食物的，人们从没见过这么大的包子。

看上去很好吃呢！八王子怕被丁一拿走，先下手为强，捧起大包，这么大的包子他不知从哪儿下口，便问："怎么吃？"

晓星说："把嘴巴张大，然后，咬……"

八王子听话照做，嘴巴张得大大的，然后一口咬下去……

啧啧啧，真好吃！八王子满意地把那一大口吞进去，才想起问："这个包子就是'狮子吼'？为什么叫'狮子吼'？"

小岚慢条斯理地说："你刚才张大嘴巴咬包子的样子像什么？"

八王子学着咬包子的样子，张大嘴巴。小岚说："狮子吼叫的时候，不就像你这样，把嘴巴张得大大的吗？"

"像，像，真像！"其他人都点头表示赞同，连八王子的几个随从都不住地点头。

"哦，我明白了！"八王子也没再计较菜名，又用狮子吼的模样把汉堡包咬了一大口，津津有味地吃着。

"喂——"有人指着他抗议。

是丁一，她气急败坏地盯着八王子手里的包子，跳着脚。

八王子转过身去，不让她看到包子。

"喂——"丁一没法，只好对晓星怒目而视。

晓星无奈地说："你自己去厨房拿吧，我在里面留了一个……"

晓星话没说完，听到嗖的一声，眼前就没人了。丁一早一溜烟地跑去了厨房。

八王子把整个汉堡包吃光光，才舒了一口气，说："这'狮子吼'，真好吃。"

大总统不失时机地插话："八王子，三道菜都做出来了，你该实践诺言，重新谈判，签署撤军声明了吧！"

八王子舔舔嘴唇，说："嗯，除了那盘豆腐让我心痛了点，雪压金字塔和狮子吼都不错。好吧，明天上午，重新谈判，签署和平条约。"

"好！好！"丁大总统高兴得哈哈大笑起来，他对小岚说，"小姑娘，能把三道闻所未闻的菜完成得这样出色，真不愧是'国民厨神'啊！稍后我把证书盖上总统印章，再派人送给你。还有，我得实践诺言帮你们做一件事，你们想好了吗？"

小岚和晓星互相看看，小岚说："晓星，你讲吧！"

"好的。"晓星正要开口请丁大总统释放赵恒，忽然，他的眼睛又再被一道强光闪了一下。

又是丁一那小坏蛋，吃饱没事干，又用手里的什么东西来反射阳光，晃晓星的眼睛。

"时空器！"小岚突然激动地喊了一声。

"啊！"晓星愣了，"时空器？在哪里？在哪里？"

"那女孩手里拿着！"小岚紧张地指着丁一说。

晓星定睛一看，小岚说得没错。他们丢失在这异时空的那个时空器，正被丁一把玩着，她刚才就是用时空器光滑如镜的底部，把阳光反射到晓星脸上的。

来到这个时空后，晓星一直为时空器的丢失而懊恼着，没想到，是到了那小家伙手里。

这时，丁大总统又再问："想好没有，想要我答应什么？"

晓星和小岚你看我，我看你，一脸纠结。本来可以向丁大总统提出要时空器的，他们立了这么大的功劳，相信丁大总统会答应。

可是，赵恒怎么办？他可是被判了死刑的，不久就要执行。桐桐四姐弟不能没有爸爸……

可是，如果不能要回时空器，他们就回不了现代。

怎么办？真是愁死了！

纠结了许久，久到等待回答的丁大总统都快要睡着了，小岚才叹了口气，对晓星说："先救人！"

"嗯！"晓星点头同意。

晓星对丁大总统说："我们想请求您，赦免一个人……"

第 *20* 章
唉，女孩子真难哄

"爹爹！"

"爹爹爹爹……"

在一片喊爹爹的声音中，赵恒张开双手搂住自己的四个儿女，痛哭失声。他以为自己这次死定了，没想到还有跟家人团聚的一天。

小岚、晓晴和晓星，还有杨伯、胖姑等人，站在一旁看着，唏嘘的唏嘘，流泪的流泪，也都一致地为那一家子能团圆而高兴。

过了很长时间，赵恒才哄好四个子女，叫人来给他们洗去脸上的泪痕。

　　他自己则走到小岚等人面前，作了一揖："赵某感谢几位小友救命之恩！感谢你们照顾我的儿女，让他们生活无忧……"

　　小岚说："赵叔叔不必客气。种善因，得善果，这是你用善良换来的福报。"

　　赵恒说："要的，要的，大恩不言谢，今后你们就留在我府中，让我好好地照顾你们吧！"

　　赵恒说完，又向杨伯和胖姑等人道谢："谢谢你们在我落难的时候，不离不弃，支撑着赵府，照看我的子女。今后，我们就像一家人一样生活。杨伯，我会负责给您养老的；胖丫头，你出嫁时，我会像嫁女儿一样，给你置办嫁妆……"

　　胖姑高兴得跳了起来，不过因为太胖只跳了一厘米高，她大喊道："噢耶，老爷会给我办嫁妆，这下我不愁嫁不出去了！"

　　杨伯却是慌忙摆手摇头："老爷别折煞我了，老爷一向对我们那么好，我们回报老爷，照顾少爷小姐，是应该的。"

　　赵恒坚决地说："就这样定了。"

　　当晚，由晓星和胖姑做大厨，做了一桌子菜，赵府众人庆祝赵恒脱离苦海，逃出生天。

小岚用自己天大的功劳，换得赵恒特赦，免除死刑，恢复自由。虽然被开除公职，而且之前从赵府抄走的财物，也没有返还，但有饭馆在，好好经营，一家人完全可以衣食无忧。

赵恒亲眼看到饭馆的兴旺，忍不住又再向晓星致谢，要不是晓星出谋划策开饭馆，他即使捡了一条命，出狱后也得面对生活拮据，无力养活一家人的困境。

大团圆结局，皆大欢喜！

不过，现在轮到晓星烦恼了。让他发愁的那件事，就是怎样才能哄好丁一！

小岚和晓晴把要回时空器的任务交给了他，他不是最会哄女孩子的吗？该是大显身手的时候了！

可是，丁一不是个纯粹的女孩子啊，她是个小魔怪。晓星不管是明着要，或者是哄着要，丁一都不肯把时空器给他。尽管她根本不知道这捡来的怪东西是干什么用的，反正滑滑的，亮亮的，上面还有一个个按钮，可以像弹钢琴一样按着玩。还可以当镜子照，可以用来打人，可以用来晃人眼睛，可以……反正很多玩法。

每当丁一用小手指在上面乱按的时候，晓星都提心

吊胆的，担心这小魔怪按着按着把自己送去什么别的时空了。

"喂，我最后问一次，你怎样才肯把'亮晶晶'给我？"晓星十分无奈。

丁一给时空器起了个名字叫"亮晶晶"。

丁一眨眨眼睛，说："这个嘛……我生日快到了，如果你送给我的礼物让我满意的话，我就把'亮晶晶'给你。"

"好，一言为定！"晓星又问，"那你喜欢什么礼物？"

"这礼物要好吃，好看，色彩缤纷的，香喷喷的，我从没见过的……"

"好吃，好看，色彩缤纷，香喷喷，你从没见过？啊，你分明是刁难人。世界上有这样好的东西吗？"晓星气呼呼的。

"像'亮晶晶'这样的好东西，当然要用很稀罕的东西来换了。"丁一得意地把时空器朝晓星晃了晃。

"气死我了！"晓星暴走。

"干吗呢？"在饭馆门口碰到小岚和晓晴，她们见晓星一副受气包样子，便问。

晓星怒气冲冲地说："那小魔怪气的。她说让我送一件生日礼物给她，要是让她满意了，就把时空器给我。"

晓晴问道："她想要什么样的礼物？"

晓星说："她说要好吃，好看，色彩缤纷的，香喷喷的，她从来没见过的，这不是有意为难吗？"

"好吃，好看，色彩缤纷的，香喷喷的，从没见过……"小岚沉思着，突然眼睛一亮，"有了，有符合这条件的生日礼物！"

"是什么？"晓星和晓晴异口同声地问。

"我们亲手给她做一个生日蛋糕！"小岚说。

"哇，果然是天下事难不倒小岚姐姐啊！"晓星一拍脑袋，"啧，我怎么就没想到呢！大食人共和国虽然也有生日蛋糕，但那蛋糕只是光秃秃的一个大圆饼，没有一点装饰物。对对对，就做一个生日蛋糕给丁一，保证色香味俱全，给她一个大惊喜。哈哈哈，时空器可以拿回来了！"

打听到丁一的生日就在两天之后，三人便开始准备。先是蛋糕外形的设计，提出三个选择：一是小猪麦兜，二是小熊维尼，三是凯蒂猫。丁一是女孩子，所以最后定了凯蒂猫。

丁一生日那天，他们三人从上午就开始准备材料，下午开始制作，到五点钟，一个漂亮的、香喷喷的蛋糕做好了。

三个人围着蛋糕，自我陶醉了一番：哇，没想到自己手艺那么好啊，用晓星的话说，这蛋糕美得简直是"一顾倾人城，二顾倾人国，三顾倾丁一"。

用盒子装好，三个人一起出发，到总统府去。

到了总统府，仆人开门把小岚他们迎进去，带到一个大客厅里。

客人已经来了不少，老老少少，把宽敞的客厅坐得满满的，客厅上空挂满彩纸和气球，很有生日气氛呢！

丁一打扮得像个小淑女，被一大帮小朋友围着，正在拆礼物，随着小朋友"哇……哇……哇……"的惊叫声，她身边的礼物越来越多。有洋娃娃，有漂亮裙子，有文具，有项链、手镯、头饰等，令人眼花缭乱。

"晓星，你来啦！"丁一见到晓星三人进来，忙放下手里的东西，跑了过来。

她盯着晓星手里的大盒子，说："晓星给我带来了什么礼物？"

晓星神秘兮兮地说："这礼物，是生日会开始之后才能看的。"

丁一性急地说："我要现在看，现在看！"

晓星耐心地说："乖啦，生日会一开始，我就会把礼物揭晓，给你一个大大的惊喜。色味香俱全呢，你一定喜欢。"

"哦！"可能是在众长辈面前，丁一变乖了点。

晓星看了看周围，说："我需要一样工具，用来放礼物的。"

丁一马上朝一位中年人招了招手："李管家，你帮帮我这个朋友。"

中年人走过来："这位小公子有什么事？"

晓星拉着管家走到一边，耳语了几句，管家点点头，领着晓星从一道侧门走了出去。

不一会儿，丁大总统的秘书走了出来，朝客人们鞠了一躬，说："各位来宾，生日会马上要开始了，请大家找地方坐好！"

在大厅中间玩得开心的小朋友，纷纷各找各妈，回去就座了。秘书说："现在有请今天的小寿星丁一小姐出场！"

哗啦啦的掌声响起。丁一很淑女地走出来，朝大家行了一个屈膝礼，说："谢谢大家来参加我的生日会，希望能给各位一个开心的夜晚。"

秘书说："下面，由丁小姐的朋友送出生日蛋糕！"

旁边的侧门一开，晓星笑嘻嘻地推着一辆餐车走了出

来，餐车上面……

"哇！"客厅里顿时沸腾了。

好漂亮的蛋糕！

晓星走到丁一面前停住了，丁一嘴巴张得大大的看着蛋糕，心里又惊又喜。

那是一个双层的蛋糕。第一层由一朵朵奶油做成的红玫瑰花围绕着，上面有许多奶油做的小动物——小兔、小猪、小狗、小猫……

第二层则被奶油做的白玫瑰花围了一圈，圈圈中间，有一个穿着绿纱裙的女孩子，在翩翩起舞。

"喜欢吗？"晓星笑着问丁一。

丁一兴奋得用手按住胸膛，大声说："喜欢，太喜欢了！谢谢你，晓星！"

刚坐回座位的小朋友，又哄一声跑了回来，围着蛋糕跳着、笑着、喊着。他们都很羡慕啊，很妒忌啊，从来没见过这样漂亮的蛋糕，丁一你怎么这样幸运呢！

丁一幸福地笑着，在晓星的指点下，很小心地往蛋糕上切了一刀……

大家一定很关心丁一有没有把时空器还给晓星，当然有了！

拿到时空器后，由小岚执笔给赵恒一家人写了一封信，然后他们就回自己那个时空了。

　　他们时不时还会想起桐桐和她的家人，想起贪吃的丁一，还有杨伯、胖姑等人，心里祝愿这些善良的人在异时空里幸福快乐！